マーゴットのお城

（ある著名な建築家の　最初の仕事のおはなし）

作　桜咲ゆかこ
written by Yukako Sakurazaki

絵　黒田征太郎
illustrated by Seitaro Kuroda

今人舎
IMAJINSHA

目次

【登場人物】

僕《ぼく》：この物語の主人公であり、語り手。

マーゴット：木彫《きぼ》りの人形。

アオノさん：著名な建築家。

フロル：アオノさんの一人娘《むすめ》。

ポルカさん：アオノさんの友達で、石工（石材を加工したり、組み立てる人）の親方。

ルルフ：ポルカさんの部下の石工。

プロローグ

まるで海のような一面の麦畑だった。
風を受けた青い穂《ほ》がさやさやと泳いで、漣《さざなみ》みたいな音を立てた。
僕《ぼく》たちはみかん色の夕陽を頬《ほお》に浴びて、うっとりとその響《ひび》きに耳を澄《す》ませた。

とても気持ちのよい夕暮《ゆうぐ》れだった。
きみの表情は、見たこともないくらい穏《おだ》やかだった。
あの時、きみは僕《ぼく》に、一生の頼《たの》みごとをしたんだ。
――わしが、眠《ねむ》る場所を作ってくれないか。
きみの初めての、そして最後のお願いだった。

その時の、きみの声、きみの顔、すべて覚えている。
マーゴット。
木彫《きぼ》りの人形だったきみは、
僕《ぼく》の祖父であり、
父であり、
師であり、
親友であり、
最高の相棒《あいぼう》であり、
そのすべてだった。

それまでのはなし〈春〉

僕《ぼく》には父母がいない。兄弟もいないし、親戚《しんせき》もいない。お金も、住む家も、何もない。故郷《こきょう》がどこにあるかさえ、今はもう覚えていない。

あたり一面にシロツメクサが咲《さ》きこぼれる、春。

僕《ぼく》は自然豊かな山間の小さな村に生まれた。裕福《ゆうふく》な村ではなかったが、お祭り騒《さわ》ぎの大好きな村人は何かと催《もよお》し物を開いていた気がする。

父さんは村で唯一《ゆいいつ》のヴァイオリン弾《ひ》きだった。お祭りやお祝い事があると呼《よ》ばれて行って、席にふさわしい曲を披露《ひろう》する。母さんはいつだって優《やさ》しく、美味《おい》しいご飯を作ってくれた。母さんからは、ふんわりと花のような香《かお》りがして、僕《ぼく》は抱《だ》きしめてもらうのが大好きだった。僕《ぼく》たちが住んでいたのは小さくて質素な家だったけれど、ヴァイオリンの音色と、料理の匂《にお》い、笑い声が絶えることはなかった。

僕《ぼく》が産まれる前から、父さんは「男の子だったらヴァイオリン弾《ひ》きにする」と言ってきかなかったらしい。「本当に男の子が生まれた時は、浮《う》かれて手がつけられなかったのよ」と母さんはおかしそうに笑った。ともかくも熱心な父さんのおかげで、僕《ぼく》は、本より先にヴァイオリンを手に取り、文字より最初に音符《おんぷ》を読むことを覚えた。

僕《ぼく》が一曲弾《ひ》けるようになるたびに、父さんは大袈裟《おおげさ》なくらい喜んだ。

「この子は天才だ！」

そう言っては僕《ぼく》を抱《だ》きかかえて、床《ゆか》をごろごろ転げたものだった。眼鏡をずり落として笑う父さんに抱《だ》きしめられたまま、僕《ぼく》もげらげら笑った。練習のおかげで、友達と遊ぶ時間もろくに取れなかったけれど、ヴァイオリンが上手《うま》くなっていくのが、自分でもうれしかった。

その頃《ころ》から、マーゴットは僕《ぼく》の家にあった。マーゴットは、老人の姿《すがた》をした木彫《きぼ》りの人形で、リンゴをいくつか重ねたくらいの大きさだった。体には関節があって、指の一本一本に至《いた》るまで、人間と同じようにちゃんと曲がった。母さんは僕《ぼく》を膝《ひざ》にのせては、「マーゴットは、人形師だった母さんの父親が作ったのよ」と教えてくれたものだ。

頭にちょこんとのった青いベレー帽《ぼう》。首に巻《ま》かれているのは黄色いスカーフ。白いシャツに青いジャンパーズボン。まっすぐに彫《ほ》られた顔は、ちょっと厳《きび》しそう。マーゴットの顎《あご》から生えている、白と黒のまだらのひげが珍《めずら》しくて、僕《ぼく》はよくいじっていた。面白がって三つ編みにしたら、母さんに怒《おこ》られたっけ。

マーゴットは、いつもテーブルの前の椅子《いす》にお行儀《ぎょうぎ》よく腰《こし》かけていた。まるで家族の一員のように。父さんと母さんは向かい合って座《すわ》る。自然と、僕《ぼく》の正面にはいつもマーゴットがいた。それだけじゃない。母さんはいつも、マーゴットの前にも食事を置いた。一口だって食べられやしないのに、ほかほかの湯気が立つごはんをも僕《ぼく》の分と同じように並《なら》べた。

それから、何くれとなく母さんはマーゴットに話しかけた。おはよう、今日はいい天気ね、調子はどう？　なんて。それは父さんも同じだった。母さんほど頻繁《ひんぱん》じゃなかったけれど、時折マーゴットに話しかけた。マーゴット、聞いてくれよ。この腕白坊主《わんぱくぼうず》がヴァイオリンの練習を嫌《いや》がるんだ。……父さんの場合、たいてい僕《ぼく》の話題だったけれど。

実は僕《ぼく》も時々《ときどき》話しかけた。人形に話しかけるなんて、女の子みたいで恥《は》ずかしかったから、両親が見ていない時にこっそりと、ひげを触《さわ》りながら。その頃《ころ》の僕《ぼく》にとって、マーゴットは、家にある「ちょっと変わった人形」、それだけだった。

僕《ぼく》が七つになった頃《ころ》から、父さんは時々《ときどき》演奏《えんそう》の仕事に僕《ぼく》を連れていくようになった。僕《ぼく》が弾《ひ》きやすいような簡単《かんたん》な曲ばかりだったが、親子で弾《ひ》くと、顔も音色も似ているのが面白いのだろう、お客さんの受けはとてもよかった。「いい跡継《あとつ》ぎができたな」だなんて、冗談《じょうだん》交じりに父さんの肩《かた》を叩《たた》く人もいて、そんな時父さんはうれしそうに顔をほころばせていた。

あの日もお祭りに呼《よ》ばれて、父さんと演奏《えんそう》したんだっけ。

僕《ぼく》は一度もつかえたり、間違《まちが》ったりせずに弾《ひ》くことができた。それどころか、今までで一番の演奏《えんそう》のできばえだった。たぶんこういう状態を「のっている」っていうんだろうな。父さんが時々《ときどき》言っているけど、実感したのは初めてで、お客さんの拍手《はくしゅ》や歓声《かんせい》も、いつもよりも大きくて父さんも上機嫌《じょうきげん》だった。帰り道、家に近づくにつれていい匂《にお》いがしてきた。この匂《にお》いは、特別な日に母さんが焼いてくれる……

「プラムのケーキだ！」

父さんとつないでいた手をぱっと放して僕《ぼく》は走り出した。ノブを回す時間さえ惜《お》しくて、慌《あわ》ただしく扉《とびら》を開けると、クリーム色のミトンを手にはめた母さんが目を丸くした。

「あらあら、そんなに急いで、どうしたの」

「ケーキ！」

思った通り、母さんの手元には、桜桃《おうとう》色に輝《かがや》くプラムのケーキ。僕《ぼく》は思わずごくんとつばを飲みこんだ。

「ヴァイオリンを下ろして、手を洗《あら》ってらっしゃい。マーゴットも驚《おどろ》いているわよ」

僕《ぼく》はマーゴットに「ただいま」といって鼻をつついた。

「今日は大成功だったんだよ」

父さんが身振《みぶ》りを交えて、大袈裟《おおげさ》に僕《ぼく》のことを褒《ほ》める。母さんは手を合わせて、少女のようにはしゃいだ声を上げた。僕《ぼく》はといえば、照れくさかったので、わざと口いっぱいにケーキを頬張《ほおば》ると、

「あらあらこの子は、一度にいっぱい口に入れちゃって。美味《おい》しい？」

「ほっぺが落ちちゃう」

プラムの甘《あま》さとかすかな酸《す》っぱさが滑《なめ》らかなクリームと絶妙《ぜつみょう》に混じり合い、自然と満面の笑みになった。

「そうか、落ちちゃうかぁ。父さんの分も食べるか？」

「食べる！」

「そんなに食べて、おなかは大丈夫《だいじょうぶ》かしら」

心配する母さんをよそに僕《ぼく》はプラムケーキを着々《ちゃくちゃく》と胃におさめ、さらには目の前に座《すわ》っているマーゴットの分のプラムケーキを虎視眈々《こしたんたん》と狙《ねら》っていた。

（どうやったらマーゴットのケーキ、もらえるかな。お皿洗《あら》い手伝ったらいいかな）

笑い声がいっぱいの食卓《しょくたく》。とろけるような美味《おい》しいケーキと、湯気を立てる芳《かんば》しい紅茶《こうちゃ》。

平和で穏《おだ》やかな一家団欒《だんらん》だった。

これが、僕《ぼく》が覚えている、もっとも幸せな記憶《きおく》だ。母さんのプラムケーキを食べられなくなる日が間もなくやってくるだなんて、この時は思ってもみなかった。

もっとも、この時の僕《ぼく》は、自分が幸せだなんて全然考えていなかった。どんなことも、失ってしまってから初めてその価値《かち》に気付くものなんだ。

＊

人生、何が起こるか分からないとはよく言ったものだ。今日咲《さ》いていた花は明日には散っているかもしれないし、昨日まであったお菓子《かし》は寝《ね》ている間に鼠《ねずみ》に食べられてしまうかもしれない。果てには真面目《まじめ》そうな神父さんが実は泥棒《どろぼう》だったり、なんてこともある。つまり、明日になっても絶対変わらずにあり続ける、なんて確実なものは、この世のどこにもないんだ。幸せな生活にも、いつ終わりが訪《おとず》れたって不思議じゃない。

僕《ぼく》がひとりぼっちになるのも、あっという間だった。

十の冬、旅人が村に持ちこんだ流行病で、人がどんどん死んでいった。

僕《ぼく》の両親も例外ではなく、三日間熱をこじらせた末に、二人そろって呆気《あっけ》なく帰らぬ人となった。こんな時まで仲良く一緒《いっしょ》じゃなくてよかったのに。近所の人が葬儀《そうぎ》を手伝ってくれた。何が起こったのかも分からないまま、あっという間に墓の下に入ってしまった両親を見送って戻《もど》ると、僕《ぼく》をどうするか、みんなが話し合っているところだった。

「まだほんの子供《こども》じゃないか」

「自分の家には引き取る余裕《よゆう》はない」

「自分の家にだって」

「あの子には出ていってもらうしかない」

「旅芸人にでも預《あず》かってもらって」

「家を売って、村の金にすればいい」

「葬式《そうしき》代だってまだもらってない」

みんなは困《こま》ったように、怒《おこ》ったように口々《くちぐち》に言い立てていた。

ところどころ、よく聞こえなかったけれど、聞こえた分だけで、もう十分だった。

何かに追いかけられているかのように走って家に帰ると、扉《とびら》にしっかりと鍵《かぎ》をかけた。ずるずると扉《とびら》を背《せ》にして座《すわ》りこむ。膝《ひざ》の間に顔を埋《う》めて、僕《ぼく》は父さんたちがいなくなって初めて、声を上げて泣いたのだった。正直、あの時の僕《ぼく》には、「死」がどういうものかなんて、分かっちゃいなかった。ただ父さんと母さんがいなくなってしまって、ひとりぼっちになってしまったことだけは、痛《いた》いほど分かった。寂《さび》しくて、不安で、僕《ぼく》は泣いた。

どれほど泣き続けただろう。涙《なみだ》と鼻水で顔がぐしゃぐしゃになって、泣き疲《つか》れて眠《ねむ》ってしまったようだった。差しこんだ夕日が顔を照らして、僕《ぼく》は目をこすりながら起き上がった。膝《ひざ》を抱《かか》えて眠《ねむ》っていたせいで、体のあちこちが痛《いた》い。あれほど泣いたせいか、瞼《まぶた》が何だか腫《は》れぼったく、涙《なみだ》の跡《あと》が乾《かわ》いて頬《ほお》が強ばっていた。

(みんながやってくる前に、家の中を片付《かたづ》けなきゃ)

みんなは僕《ぼく》の家を売ろうとしているのかもしれないが、僕《ぼく》には絶対に渡《わた》せないものがある。父

さんと僕《ぼく》のヴァイオリンと、母さんのマーゴットだ。この二つが、本当に僕《ぼく》のものと言えるすべてだったから。

そう思って、テーブルにうつろな目をやった時、僕《ぼく》は信じられないものを見た。

マーゴットが、ゆっくりと体を起こした。僕《ぼく》の見間違《みまちが》いじゃない。後ろを向いて、座《すわ》っていた椅子《いす》をよじよじと降《お》りる。そして、僕《ぼく》の方に、少しずつ、少しずつ歩いてきた。初めて自分の足で歩く赤ちゃんのように、たどたどしい足取りだったけれど、しっかりと僕《ぼく》の方へ。今見ているものが信じられなくて、目をこすり続け、まばたきを繰《く》り返していたら、マーゴットはもう目の前にやってきていた。僕《ぼく》は思わずへたりこんでしまったが、そうなるとマーゴットとほとんど目線は同じだった。マーゴットは小さな手を伸《の》ばして、その時の僕《ぼく》が、世界で一番欲《ほ》しかった言葉をくれた。

――ここを、出よう。これからは、ずっとわしと一緒《いっしょ》だ。

しわがれた、深みのある温かい声だった。

彼《かれ》の言葉があんまりうれしくて、僕《ぼく》はもう、目の前で起きている奇跡《きせき》に驚《おどろ》くことさえできなかった。自分よりもずっと小さな、堅《かた》い手の平を両手で握《にぎ》り返して、何度も頷《うなず》いた。泣き腫《は》らした目にふたたび涙《なみだ》があふれた。

(――一人じゃない。マーゴットがいてくれる)

さっきとは全然違《ちが》う、温かくて幸せな涙《なみだ》だった。


その夜のうちに村を出た。荷物は父さんのヴァイオリンと、戸棚《とだな》の奥《おく》にあったお金と、マーゴットだけ。朝に村を通り過ぎる旅人をつかまえて、荷馬車に乗せてもらった。

村を離《はな》れさえすれば、行き先はどこでもよかった。僕《ぼく》にはマーゴットがいるのだから。

ゴトゴトと荷馬車に揺《ゆ》られながら、僕《ぼく》とマーゴットはこれからのことをひそひそと相談した。

とりあえず、旅人が行く町までついていく。それから、人通りの多いところで、僕《ぼく》がヴァイオリンを弾《ひ》く。それでお金をもらう。ヴァイオリンだけでお金が足りないようだったら、手品のふりをして、マーゴットが動いて見せてもいい。

「そんなに上手《うま》くいくかな?」

――大丈夫《だいじょうぶ》だ。最近は、難《むずか》しい曲も弾《ひ》きこなせるようになってきただろう。

「でも、大勢の人の前で弾《ひ》くなんて、できるかな」

――この前の秋祭りでも、広場で弾《ひ》いて、みんなから拍手《はくしゅ》をもらったじゃないか。

「どうして、僕《ぼく》のことを知っているの？」

――知っているからさ。

マーゴットには、僕《ぼく》のことは何でもお見通しのようだった。

今まで、家の中で僕《ぼく》たちが話したこと、していたこと。マーゴットは動かないだけで、すべて見聞きしていたのかもしれない。


実際、マーゴットの言った通りになった。

旅人にお礼を言って別れたあと、にぎやかな町の一角で、僕《ぼく》は秋祭りで演奏《えんそう》した曲を弾《ひ》いた。この町の人は、音楽が好きなようで、喜んで小銭を投げてくれた。ご飯を食べて、小さな宿なら泊《と》まるのに十分な金額だ。その町で何日か稼《かせ》いで、演奏《えんそう》する曲がもうなくなると、次の町へと移動した。マーゴットは、困《こま》った時には自分を見世物にしていいと言ってくれたが、僕《ぼく》はそんなことはしたくなかった。だって、マーゴットは、僕《ぼく》の家族だから。

とはいえ、いくらヴァイオリンが上手でも、僕《ぼく》一人だったら、上手《うま》くいかなかっただろう。お金も盗《と》られたり、怪《あや》しまれたりしたに違《ちが》いない。ほとんど問題なく切り抜《ぬ》けられたのは、マーゴットが色々《いろいろ》と教えてくれるおかげだった。

――あの、茶色の帽子《ぼうし》をかぶっている男は、スリだ。お金を布に入れて、体に巻《ま》きつけなさい。
――あの太った男は警官《けいかん》だ。近くで演奏《えんそう》すれば、スリは近づきにくい。
――静かな曲ばかりで、客が飽《あ》き始めている。元気のいい曲を、思い切り楽しそうに弾《ひ》くといい。

マーゴットは時に厳《きび》しいけれど、驚《おどろ》くほど色々《いろいろ》なことを知っていたし、気の利《き》いた冗談《じょうだん》を飛ばしては僕《ぼく》を笑わせてくれた。不安や愚痴《ぐち》、くだらないおしゃべりも、マーゴットにならいくらでも話せた。

もちろん、運がいいことばかりではなかった。町によっては、いくら演奏《えんそう》してもその日のパンさえ買えないことがあったし、お金を擦《す》られかけたこともあった。宿に泊《と》まろうとしても、子供《こども》だからと追い返されたこともある。他にもたくさん、数えればきりがない。そんな時は、教会に泊《と》まった。教会は、誰《だれ》がやってきてもいいように、いつも開かれている。冬でなければ、教会で寝泊《ねと》まりしても凍え死んだりはしない。僕《ぼく》たちは、教会の長椅子《ながいす》に寝《ね》そべって、ヴァイオリンとマーゴットを抱《だ》きしめて寝《ね》た。

空腹《くうふく》で、眼が冴《さ》えて眠《ねむ》れない時は、僕《ぼく》たちは決まって「お城《しろ》」の話をした。それは、とりとめ

のない、おとぎ話のような空想だった。

「今は、わけあって、しがないヴァイオリン弾《ひ》きをしているけれど、僕《ぼく》は、本当は王子様なんだ。黄金の国の、黄金の城《しろ》に住んでいるんだ！」

——黄金の城《しろ》の王子様。もちろん知っておりますとも。敵から身を隠《かく》すために、こんなに古い教会に泊《と》まったりして、お気の毒に。

マーゴットは、芝居《しばい》がかった口調でくすくすと笑った。

「そう、敵がたくさんいるんだ。今日も、食べようとした料理に毒が入れられていた。だから、こんなにおなかがグーグーなんだ」

——ああ、王子様、お気の毒に。

「でも、大丈夫《だいじょうぶ》だよ。いつか、黄金の馬車が迎《むか》えにきて、僕《ぼく》は黄金のお城《しろ》に帰るんだ。マーゴット、もちろん、きみも一緒《いっしょ》だよ」

——なんと喜ばしい。でも、私《わたし》にはお城《しろ》は大きすぎて、とてもくつろげそうにありませんや。

「大丈夫《だいじょうぶ》。そんな時は、僕《ぼく》の部屋の中に、マーゴットのための小さなお城《しろ》を作ってあげる。ま、それも黄金の城《しろ》なんだけどね」

——ありがたや、ありがたや。約束ですぞ、王子様。

それまでのはなし　〈春〉

このあたりで、僕《ぼく》たちは顔を見合わせて笑う。こうして話すと、まるで本当に自分が王子様になったような気持ちになれるのだった。僕《ぼく》には帰る城《しろ》があって、僕《ぼく》を待ってくれている人がいて、そこでマーゴットと一緒《いっしょ》にいつまでも暮《く》らすんだ。

おなかは切なく鳴るばかりだったけれど、気持ちは浮《う》き立っていた。ぎゅうっとマーゴットを腕《うで》に抱《だ》いて眠《ねむ》ると、ほんのりと温かかった。

*

ある大きな町の広場で、演奏《えんそう》した時のことは、今でも忘《わす》れられない。その日はお祭りで、広場では小さなサーカスやら、大道芸人やら、とにかくさまざまな出し物があってたくさんの人で賑《にぎ》わっていた。皿を回すサル、空高くほうり上げたいくつものカラーボールでお手玉をする芸人。そういう時には、陽気な曲が喜ばれる。芸人たちの方も、演奏《えんそう》がある方が芸が楽しくなると言って、横で僕《ぼく》がお金をもらっていても気にしない。こういう時は、出しゃばりすぎず、かといって遠慮《えんりょ》しすぎずに演奏《えんそう》するのがコツだ。前に、うっかり主役よりも目立ってしまって、殴《なぐ》られたことがある。

足元に置いた帽子《ぼうし》に面白いようにお金が溜《た》まっていくのが分かった。ほとんどが小銭だったけれど、中には気前よくお札を入れてくれるお客さんもいた。もう何日も満足にご飯を食べていなかったから、たくさんお金をもらうことができて、僕《ぼく》は本当にうれしかった。

「今日はちゃんとしたベッドで眠《ねむ》れるかもしれないね」

自然と声も弾《はず》んでくる。

――そうだな。

マーゴットと顔を見合わせて笑う。普段《ふだん》は、節約のためになるべく教会に泊《と》まるようにしていた。

気がつくともう日が暮《く》れかけていて、広場からはぽつぽつと人がいなくなり始めた。夜の出し物を見物するために、人々《ひとびと》は一旦《いったん》家へ帰って腹《はら》ごしらえをするのだ。

大規模《だいきぼ》な花火とパレードは、他の町からもそれを見に来る人がいるほど華《はな》やかなものだという。だが、僕《ぼく》は夜の演奏《えんそう》はしないことにしていた。ただでさえ、子供《こども》の芸人は目をつけられやすい。昼間に小金を稼《かせ》いだことが知られていれば、稼《かせ》ぎがそっくり盗《ぬす》まれることだってあるのだ。

さっきまで、出し物や僕《ぼく》の演奏《えんそう》に手を叩《たた》いて喜んでいた子供《こども》たちが、親と手をつないで広場から去っていき、やがてマーゴットと僕《ぼく》は二人、広場に取り残された。仲良く帰っていくたくさんの親子の影法師《かげぼうし》が、僕《ぼく》たちがいるあたりの敷石《しきいし》まで長く長く伸《の》びている。（いいなあ、家か。あの子たちには、親がいて、帰る家があって……）

何の心配もない、安定した温かい暮《く》らし。あの子たちは、明日寝《ね》るベッドがないとか、食べるパンがないとか、そんなことは想像したことすらないに違《ちが》いない。僕《ぼく》にはもう頭をなでてもらうことも、帰る家もないというのに。

そう考えているうちに、何組かの親子連れは家へと着いたのだろう。眼下に広がる、今まで暗かった家に一つ、また一つと温かそうな灯《あか》りが点《とも》っていくのが広場からも見えた。増えていく灯《あか》りをこれ以上見たくなくて、下を向いた。さっさと広場を出て行けばいいと分かっているのに、縫《ぬ》いとめられたように足が動かない。

一日中弾《ひ》き続けて、強ばった肩《かた》と指。棒《ぼう》のようになった足。そうして頑張《がんば》ったって、今日を生き延《の》びるのに精いっぱいで、この先何にもいいことなんてありゃしないじゃないか。僕《ぼく》は思わず奥歯《おくば》を噛《か》みしめた。そうだ、こんな割《わり》に合わないヴァイオリン弾《ひ》きなんてやめてしまって、手っ取り早く稼《かせ》げる道を選ぶというのはどうだろう。たとえば、スリとか、かっぱらいとか。どうなったって、かまうもんか。恵《めぐ》まれた人たちから少しくらい分けてもらったって、何を悪いことがあるんだろう……。

その時、小さな小さな手が、僕《ぼく》の手をそっと握《にぎ》りしめた。マーゴットが僕《ぼく》を見上げている。彼《かれ》の全身が、沈《しず》んでいく夕陽に茜《あかね》色に照らされていた。

――今日は、羽根布団《はねぶとん》の宿に泊《と》まろうか。

僕《ぼく》は、思わずまじまじと彼《かれ》を見つめ返した。

羽根布団《はねぶとん》ベッドの宿は高いから、今まで一度も泊《と》まったことはない。マーゴットに頼《たの》んでも、お許しが出たことはなかった。それなのに、マーゴットがこんなことを言い出したのは、僕《ぼく》がうつむいて考えていたことを察してくれたからなのだろう。あからさまな慰《なぐさ》めなどは口にしないが、マーゴットはいつもさり気なく、僕《ぼく》が元気になりそうなことを言ってくれるのだった。

（僕《ぼく》はついさっきまで、馬鹿《ばか》なことを考えていたというのに）

すっかり忘《わす》れていた。

（――僕《ぼく》には、この手があるじゃないか）

家がなくても、親がいなくても、将来《しょうらい》の保証も確かなものも、何一つない中で、それでも僕《ぼく》に残されている、たった一つの。

（マーゴットの、手だ）

小さくて固い、僕《ぼく》よりもずっとずっと力のないこの手が――この手だけが、僕《ぼく》を導こうとしてくれる。誰《だれ》も僕《ぼく》を見てくれなくて、やけになりそうな時でも、見捨《みす》てないで隣《となり》にいてくれる……。急に目頭が熱くなって、下を向いたら涙《なみだ》がこぼれてしまいそうだ。僕《ぼく》は慌《あわ》てて上を向いて、かすれた声を張り上げた。

「いいよ、そんな高い宿。寝《ね》るところなんて、どこだって同じだよ。宿代をけちって、その分おなかいっぱいご飯を食べよう」

――それでいいのか？

「うん。マーゴット、何か食べたいものある？　……ただし、あんまり高くないやつで」

――わし、ホットチョコレートが飲みたい。

「じゃあ、半分こね」

――宿は安いところでいいから、二階の部屋を取ろう。ホットチョコレートを飲みながら、一緒《いっしょ》にパレードと花火を見よう。

「そりゃ、名案だ」

つないだ手を勢いよく振《ふ》ると、マーゴットが軽く前につんのめった。それを笑っているうちに、僕《ぼく》は少しずつ気持ちが晴れやかになっていった。

（そうだ、僕《ぼく》には家も親もいないけど、マーゴットがいるじゃないか。二人でいれば、どんな時だって……)

泊《と》まった宿は歩けばギシギシ床《ゆか》がきしむような古い木造で、花火もろくに見えない部屋だったが、団子っ鼻の店主は優《やさ》しくてポテトもチキンも大盛《おおも》りにしてくれた。僕《ぼく》たちはホットチョコレートの入ったマグをかしこまって掲《かか》げた。

「乾杯《かんぱい》!」

――乾杯《かんぱい》!

マーゴットと半分こして飲んだホットチョコレートはシナモンが効いていて、とても美味《おい》しかった。マーゴットのひげにチョコレートが付いて、ごま塩のひげが妙《みょう》な具合に汚《よご》れてしまった。どこが汚《よご》れているか分からないままにマーゴットがこするので、ひげがどんどん茶色くなっていく。おなかがよじれるほど笑い転げる僕《ぼく》を見て、マーゴットも笑った。

……こんな瞬間《しゅんかん》、思う。

親がいて、家がある子供《こども》がたくさんいるのと同じように、親がいない子供《こども》も、家がない子供《こども》も世の中にはたくさんいるんだろう。でも、僕《ぼく》みたいにマーゴットがそばにいてくれる子供《こども》は、きっとどこにもいないに違《ちが》いない。世界中探《さが》したって僕《ぼく》だけだ、僕《ぼく》にはマーゴットがいる! って。

（今は宿屋に泊《と》まるのが精いっぱいだけど。いつか、家が欲《ほ》しいな。小さくていいから、僕《ぼく》とマーゴットが帰る家が欲《ほ》しい）

そうしたら、どんなに幸せだろう。僕《ぼく》はこの時初めて、強く強くそう思った。

実際には家どころか、明日泊《と》まる場所もあるか分からないくらいだったんだけどね。

＊

ヴァイオリンを弾《ひ》いては小銭を稼《かせ》ぎ、夜は教会で眠《ねむ》る。

そんな暮《く》らしが、二年ほど続いた。いくつもの村や、町を通り過ぎた。町によっては、何か月か滞在《たいざい》することもあったし、一日で立ち去ることもあった。いい町もたくさんあったが、どこへ行っても、「僕《ぼく》たちの居場所はここではない」という気持ちがあった。それはそうだ。僕《ぼく》の家は、あの日になくなってしまったのだから。そう思うと、胸《むね》に木枯《こが》らしが吹《ふ》いてくるような寂《さび》しい気持ちになった。それに、父さんがヴァイオリンを教えてくれたおかげで、何とか生きていくことができているが、この先ずっとヴァイオリンを弾《ひ》いて生きていくしかないのかと思うと時々《ときどき》たまらなく不安になる。たぶん僕《ぼく》は、父さんほどヴァイオリンを愛してはいないのだろう。父さんはヴァイオリンを弾《ひ》いている時、本当に幸せそうだった。でも僕《ぼく》は、演奏《えんそう》しながら馬車代や食費のことばかり心配してしまうのだ。

それだけじゃない。町で学校カバンを脇《わき》に抱《かか》えた子供《こども》とすれ違《ちが》うたびに、(この先どうしよう)という思いは強くなるばかりだった。学校にも行っていない、ヴァイオリンの腕前《うでまえ》だってもう何年も独学みたいなものだ。こんなことで、この先僕《ぼく》はどうしたらいいんだろう。そんな不安にとりつかれた時はよくマーゴットに相談した。

「ねえ、これから僕《ぼく》はどうすればいいのかな?　ずっとヴァイオリンを弾《ひ》いていくしかないの?」

――弾《ひ》くも弾《ひ》かないも、お前の自由だ。それにいつか、ヴァイオリンよりもずっと好きだと思えるものが見つかるかもしれない。

「本当に、そんなものが見つかるかな?」

――見つかるさ。お前がこうして色々《いろいろ》なものを見て、色々《いろいろ》なところに行っていれば、必ず見つけることができるだろう。

そう言って、小さな手で屈《かが》んでいる僕《ぼく》の背中《せなか》をぽんぽんとなでてくれた。

今思うと、このあと何が起こるのか、マーゴットはすべて分かっていたのかもしれない。いつだって、僕《ぼく》よりも僕《ぼく》のことがよく分かっていた。

そしてたどり着いたのが、ミルフィードという町だった。

この町にはどことなく生まれた村を思い出させる素朴《そぼく》さがあった。今まで見た場所は、開けていれば緑が少なく、自然が豊かでも暮《く》らしぶりにゆとりが感じられなかったりしたけれども、この町は、そのどちらでもない。不思議に思ってマーゴットに話してみると、意外な返事があった。

――よく見てみなさい。建物が違《ちが》うんだ。

「建物……？」

町に並《なら》ぶ家々《いえいえ》や店は、清潔で頑丈《がんじょう》そうで、それでいて緑の多い景色に溶《と》けこんでいた。ただ不思議なほどに家々《いえいえ》や店の印象が同じで、僕《ぼく》は首を傾《かし》げた。たとえて言うなら、全部の建物を同じ人が作った、というような。だけどそんなことがあるはずはない。そう思ったのだが、僕《ぼく》の勘《かん》は意外にも当たっていた。

このあたりの家や店、教会といった建物の多くは、「アオノさん」という建築家が設計したという。有名な建築家で、お金持ちから家を建てるように招かれることも多いらしいが、アオノさんはこの町から出て行かないと決めているらしい。町の人たちは、アオノさんのことを誇《ほこ》らしげに話してくれた。（でも、家なんて誰《だれ》が建てたって同じなんじゃないのかな）と考えこむ僕《ぼく》を、マーゴットはじっと見つめていた。

夕食後、僕《ぼく》たちは坂の上から町を見下ろして、宿を探《さが》した。

――今日は、どうする。宿に泊《と》まるお金はあるか。

「うん、お金は何とか足りそう。だけど……」

僕《ぼく》は硬貨《こうか》を数えつつ、屋根の間からひときわ高く顔を出している十字架《じゅうじか》を見つめた。

（あれも、アオノさんが建てた教会なのかな）

――お金は明日に取っておいた方がよさそうだな。教会に泊《と》まるとするか。

僕《ぼく》の考えていることを見透《みす》かしたように、マーゴットが提案した。

「うん、そうだね」

力強く頷《うなず》きつつ、僕《ぼく》の心はすでに教会へと飛んでいた。いつもならば、そう積極的に泊《と》まりたいとは思わない教会だが、今日に限っては今にも走り出しそうな心持ちだ。

（アオノさんが建てた教会は、他の教会と比べて違《ちが》うのかな。泊《と》まってみれば、何か分かるか

もしれない）
なぜ、こんなにもアオノさんのことにこだわるのか。理由なんて僕《ぼく》自身にも分からなかったけれど、とにかく気になって仕方がなかった。

目的の建物にたどり着いた頃《ころ》には、もうとっくに夜になっていた。

「ここが、教会……？」

――そのようだな。

大きな町だと、たいてい、教会は権威《けんい》をひけらかすような造りになっているものだけれど、この町の教会の外観はとても素朴《そぼく》だった。手入れが行き届《とど》いた白い壁《かべ》は洗《あら》いざらしのシャツのような清潔感があり、星のようにきらめく天辺の小さな十字架《じゅうじか》は、群青《ぐんじょう》の星空のコントラストと相まって、とても美しい。十字架《じゅうじか》を振《ふ》り仰《あお》ぐようにして下から上へと教会を見上げ、僕《ぼく》はぽかんと見惚《みほ》れた。

厚い木製のドアは意外に軽く開き、中に入ると、

「わぁ……」

僕《ぼく》は思わず声を上げてしまった。なんてきれいなんだろう。

大きなステンドグラスの窓《まど》は町の灯《あか》りに溶《と》けこんで輝《かがや》いて見える。僕《ぼく》とマーゴットは誘《さそ》われるように椅子《いす》に座《すわ》った。今まで多くの教会を訪《おとず》れたが、こんなふうに居心地がよく、ずっといたいと思わせるような場所はなかった。心を惹《ひ》きつけられるような何かがここにはあった。

（いったい、なぜだろう）

「特に、変わったところはないようだけど、他の教会と何か違《ちが》う気はする。マーゴットは、どう思う？」

――そうさなあ。

「天井かな。なだらかなアーチ型になってて、普通《ふつう》の教会よりも、ちょっと高いかな？」

――そうかもしれんな。

「マーゴット、その紐《ひも》、何だろう？」

天井からマーゴットに向かって、クモの糸のような紐《ひも》が垂《た》れているのが見えた。

――さてな。

マーゴットは軽く首を傾《かし》げて紐《ひも》を引っ張った。

「カタリ……」

紐《ひも》の先に付いていた板がずれた瞬間《しゅんかん》、マーゴットの姿《すがた》が銀の紗《しゃ》に包まれ、僕《ぼく》は息をのんだ。マーゴット自身も驚《おどろ》いたように真上を見ている。

それは教会の天井の、丸くて大きな天窓《てんまど》だった。そこから差しこむ、銀色を帯びた月明かりが柔《やわ》らかくマーゴットを照らしていた。

「こんな教会、見たことない……」

――さてさて、これはこれは。

マーゴットも何度も頷《うなず》いている。

ステンドグラスを通った光が床《ゆか》に色とりどりの影《かげ》を落とし、天井から差しこむ光が柱のように床《ゆか》をつないでいる。静謐《せいひつ》で、心地よい空気で満たされている室内。こんなにも幻想《げんそう》的な光景を、僕《ぼく》たちだけで独り占《じ》めしているなんて……。

「ねぇ、マーゴット、すごいね……！」

溜《た》め息と共に光の柱は水が引くように消えていった。

（こんな教会を建てたアオノさんって、どんな人なんだろう）

気が付けば、マーゴットが、少し眠《ねむ》そうに目をしばたたいている。僕《ぼく》は慌《あわ》てて、背負《せお》った荷物から毛布を引っ張り出した。ヴァイオリンケースを背《せ》もたれの間に挟《はさ》むように置いてマーゴットを毛布で一緒《いっしょ》にくるみこみ、長椅子《ながいす》に寝《ね》そべる。自然、天窓《てんまど》を見上げる格好になり、再度感嘆《かんたん》した。

「わぁ、すごい星空だね、マーゴット」

――本当だ。きれいだなあ。

明るい月の周りに、星たちが散りばめられ、小さな宝石《ほうせき》のように微《かす》かに瞬《またた》いていた。

(こんな教会だったら、毎日でも泊《と》まりたいくらいだなあ)

「おやすみ」

――おやすみ。

堅《かた》い木の椅子《いす》のベッドと薄《うす》い毛布しかなかったのに、その晩《ばん》、僕《ぼく》はすぐに眠《ねむ》りにつくことができた。


翌朝《よくあさ》、僕《ぼく》とマーゴットは全身に朝日を浴びて目覚め、同時に伸《の》びをした。

ずっと長い間、こんなふうにいい気分で寝起《ねお》きすることはなかった。マーゴットがいてくれて安心はしても、完全に安らぐことはなかった。それが今朝は、暖《あたた》かい家の中、自分のベッドで寝《ね》た時の気分だ。どうしてこんなに心地いいんだろう。

いったい、どんな秘密《ひみつ》が隠《かく》れているんだろう。僕《ぼく》は知りたくてたまらなくなった。

……こんな気持ち、初めてだ。

＊

ちょうど今日は、日曜日。礼拝《れいはい》の日だ。町に住む人たちみんなが教会にやってくるはず。もしかしたら、アオノさんに会えるかもしれない。そう思って、いつもなら素通りするミサに出た。お祈《いの》りしているふりをして、ずっとアオノさんらしい人を探《さが》した。膝《ひざ》の上にのせていたマーゴットも一緒《いっしょ》に探《さが》してくれた。アオノさんは、中肉中背《ちゅうにくちゅうぜい》の茶色い髪《かみ》の人だと聞いていたが、そんな人は何人もいて、よく分からない。そうこうしているうちに、ミサは終わってしまった。ミサが終われば、教会からみんな出ていってしまう。その前に彼《かれ》を見つけなければならない。その時、「アオノさん」、と誰《だれ》かが呼《よ》ぶ声がした。はっとして振《ふ》り向いた拍子《ひょうし》に、マーゴットが膝《ひざ》から転がり落ちてしまった。滑《なめ》らかな床《ゆか》の上をマーゴットは勢いよく滑《すべ》っていく。慌《あわ》てて駆《か》け寄ると、誰《だれ》かがマーゴットの両脇《りょうわき》に手を入れて抱《かか》え上げた。彼《かれ》の腕《うで》の中で、マーゴットはぐたりと力を抜《ぬ》いて、いかにも人形「らしく」見せてくれていた。

「この人形は、君のものかな」

「は、はい。拾ってくださって、ありがとうございます」

「大切にね」

きっとこの人がアオノさんに違《ちが》いない。僕《ぼく》は思い切って話しかけてみた。

「あの、アオノさんでしょうか。僕《ぼく》、この教会を設計なさったのがあなただと聞いて……」

「ああ、私《わたし》がアオノだよ。確かに、ここの教会の設計を手がけたのは私《わたし》だ」

「僕《ぼく》、ヴァイオリンを弾《ひ》きながら旅をしているんです。だから、色々《いろいろ》な場所、建物を見てきました。でも、こんな教会は初めてです。とても安らぐというか……」

話している間、アオノさんは僕《ぼく》の目をじっと見つめるので、僕《ぼく》はどぎまぎした。

「そう言ってもらえるとうれしいよ。この教会の設計は、友人から頼《たの》まれてね。もう二十年も前になるかな」

二十年。とてもそうは見えなかった。せいぜい十年くらいだろうと思っていた。

「どうやったら、こんな建物を建てることができるのでしょうか」

勢いこんで質問した僕《ぼく》に、アオノさんは少し笑った。

「そう聞かれるのはうれしいが、答えるのは難《むずか》しい。真剣《しんけん》に答えると、たぶん何年もかかるよ」

「あの、それは」

どういう意味だろうか。聞こうとした時、「パパ！」と呼《よ》ぶ高い声がした。僕《ぼく》と同じか、ちょっと年下くらいの赤いスカートをはいた女の子が、ふわふわの茶色の髪《かみ》を揺《ゆ》らしながら駆《か》けてきた。

「向こうで、アドマイヤーさんがお呼《よ》びよ。来週の会合の件だって……あら、どなた？」

少女の緑の目が、僕《ぼく》と、マーゴットに驚《おどろ》いたのか、まん丸く見開かれた。

「僕《ぼく》は、旅人です。それから、これは僕《ぼく》の……友達の、マーゴット」

「ふうん。私《わたし》はフロル。このお人形にも名前がついてるのね。立派《りっぱ》なおひげ」

フロルと名乗った女の子はマーゴットのひげにちょん、と触《ふ》れた。マーゴットは少しびくっとした、ような気がした。

「こらこら、フロル。私《わたし》は彼《かれ》と話している最中だったんだよ。……ともあれ、向こうに行かなければ。……君、私《わたし》は、町はずれの風車小屋の隣《となり》に住んでいるんだ。聞きたいことがあったら、いつでも来ていいよ」

そう言って、アオノさんとフロルは帰っていった。彼《かれ》の姿《すがた》が見えなくなってからも、僕《ぼく》はその場を動くことができなかった。

その晩《ばん》も、教会に泊《と》まった。昼間のことが気になって、眠《ねむ》れない。「アオノさん」、「建築」、「教会」、「いつでも来ていい」。この四つが頭の中をぐるぐる回っている。

——ずっと考えているな。

「うん。昼間会った、アオノさんだっけ、あの人。不思議な人だったね」

——そうだな。

「ねえ、マーゴット。たとえば、……たとえばの話だよ。アオノさんみたいな建築家になるには、どうしたらいいのかな?」

——……そりゃあ、ちゃんとした建築家の先生に弟子《でし》入りして、勉強するしかなかろうなぁ。

「そうだね、うん。……そうだよね」

マーゴットに聞くまでもなく、僕《ぼく》にも分かっていた。アオノさんのような建物を建てたいと思ったところで、僕《ぼく》のような、身寄りのない、お金もない孤児《こじ》を弟子《でし》にしてくれる建築家の先生なんて、どこにもいないことも。学校にすら、何年も行っていないのだ。身動《みじろ》ぎすると、擦《す》り切れたズボンやぶかぶかの古靴《ふるぐつ》が嫌《いや》でも見えて、目をそらした。

(もし父さんたちが生きてたら……いや、でもうちは裕福《ゆうふく》じゃなかったし……)

マーゴットはそれ以上何も言わず、その夜は背中《せなか》合わせで眠《ねむ》った。

＊

それから数日の間、僕《ぼく》は町のあちこちでヴァイオリンを弾《ひ》いて過ごしたが、気分は晴れなかった。アオノさんを訪《たず》ねる勇気もない、かといってこの町を去る気にもなれない。そんな時、マーゴットがぽつりと言った。

——そろそろ、他の町に行くか？

「……もう少し待ってよ。ここは音楽好きな人が多いから、まだいたい」

——レパートリーも弾《ひ》き尽《つ》くしたのに？

僕《ぼく》は言葉に詰《つ》まった。マーゴットの言うことは正しい。同じ曲ばかり弾《ひ》いていては、お客さんに飽《あ》きられて、お金にならないのだ。それでも僕《ぼく》は、言い訳《わけ》を探《さが》していた。

「でも、まだ行っていない場所があるかもしれないし。ちょっと歩き回れば……」

——訪《たず》ねたい人がいるんだろう。

僕《ぼく》を見上げたマーゴットの目は真剣《しんけん》だった。僕《ぼく》は溜《た》め息をつきながら、

「——うん、そうだよ。僕《ぼく》は、アオノさんに弟子《でし》入りしたい。でも、断られるのが怖《こわ》い」

そうなのだ。アオノさんが設計した建物を見て、僕《ぼく》もこんな建物を作れるようになりたいと強

く思った。こんな気持ちは生まれて初めてだった。胸《むね》が希望で膨《ふく》らんで、わくわくするような。けれども、断られたらと思うとどうしようもなく足がすくんだ。初めて見つけた、夢中になれるかもしれないものをなくしたら、僕《ぼく》はどうすればいいんだろう。このまま一生、おじいさんになるまで、さすらいながらヴァイオリンを弾《ひ》き続けるしかないんだろうか。

——建築家になるには、大変なことが何度もあるはずだ。もし、お前が本気でアオノさんのようになりたいと思うなら、お前が苦手な高い所から何度飛び降《お》りてもかまわないというほどの必死の覚悟《かくご》がなければ、やり通すことはできないだろう。

マーゴットに言われて、僕《ぼく》は唇《くちびる》を噛《か》んだ。妙《みょう》なことに「このままさすらい続けるしかない」と半ば諦《あきら》めていたこれまでよりも、「アオノさんの弟子《でし》になりたい」と思い始めた今、僕《ぼく》は膝《ひざ》が震《ふる》えるくらい怖《こわ》くなっていた。だけど、なんだって僕《ぼく》はこんなに怯《おび》えているんだろう？　やっと見えた小さな希望がかなわないかもしれないからだろうか。

（いいや、そうじゃないんだ）

なぜ、アオノさんにすぐに頼《たの》みに行けなかったのかは明白だ。断られたら恥《は》ずかしいとか、自分がさらにみじめになるとか。そんなものが、僕《ぼく》をためらわせていた。

（でもそれは、この先夢中になれるかもしれない建築の勉強よりも大切なのか？）

僕《ぼく》は自問した。マーゴットの言う通りだ。たとえアオノさんに冷たくあしらわれたとしても、僕《ぼく》には何も失うものはない。マーゴットはぽつりとつぶやいた。

――本当に何かをつかもうとするなら、それまで自分が握《にぎ》っていたものを手離《てばな》さなくてはならないんだ。余計なことを考えるな。手を空っぽにして、飛び降《お》りろ。私《わたし》は、いつだってお前の味方だ。

そう言って、マーゴットは僕《ぼく》のズボンのすそを軽く引っ張った。僕《ぼく》はしゃがんで、マーゴットの小さな手を両手ですくい上げるようにしてそっと握《にぎ》った。

「分かったよ、マーゴット。やってみる」

そうだ、臆病風《おくびょうかぜ》に吹《ふ》かれていても何も変わらない。だめで元々《もともと》なんだ。断られたら、何度だって頼《たの》みに行けばいい。マーゴットがそばにいてくれれば百人力だ。緊張《きんちょう》に手がぷるぷる震《ふる》えていたけど、不思議なことにもう後戻《あともど》りする気は微塵《みじん》もなく、全身に力がみなぎっているようだった。

興奮《こうふん》はしていたけれど、この夜僕《ぼく》は、数日ぶりに夢も見ずに眠《ねむ》った。

＊

アオノさんの家は、風車小屋がある小高い丘の近くにあるらしい。食事に立ち寄った店でたずねてみると、気のいい店主はなんと地図まで書いてくれた。

「アオノさんはどんな顔をするかなあ、マーゴット」

——そうさなあ。

何だか口数が少ない。もしかしたらマーゴットも少し緊張《きんちょう》しているのかもしれない。

目に映《うつ》る景色にはだんだん緑が増え始め、地図にある場所には、もうだいぶ近づいている。このまま歩いていけば、あと十数分もしないうちにアオノさんに会えそうだった。

(もうすぐ、僕《ぼく》の運命も決まるんだ)

——右手と右足が、一緒《いっしょ》に出ているぞ。

マーゴットの指摘《してき》には、気が付かないふりをして歩き続けた。


「アオノさんの家は、どんな家だろうね」

——どんな家だと思う?

てっきり、「そうさなあ」と相槌《あいづち》を打つかと思ったが、マーゴットは逆に聞き返してきた。

「そうだなあ、まず大きな家じゃないかな。でも、豪華《ごうか》な家じゃないと思う。あんな教会を建てた人だし」

ほんの少し話しただけだったが、深みのあるアオノさんのまなざしと、温かい手のひらを思い出した。彼《かれ》はきっと、飾《かざ》り立てるような家には住んでいない。

「きっと、犬とかを飼ってるんじゃないかな。大きな家で、風通しがいい。屋根も大きくて、どこもかしこも清潔で、心地よくて――」

――着いたぞ。

マーゴットが声をかけたが、僕《ぼく》はその前に歩みを止めていた。目の前に広がる光景に、すっかり心を奪《うば》われていたからだ。

見上げた空の、目が染《し》みるほどの青の下、その家はのんびりと佇《たたず》んでいた。屋根は赤く、壁《かべ》はカスタードクリームを雲の白で薄《うす》めたような、目に優《やさ》しい色合いだ。

奥《おく》の方に、石造りの物置のような小さな建物があるのが分かった。背後《はいご》にそびえるように立っているのは風車小屋。小屋の前面に付いた大きな羽根はカタカタと楽しげに回っている。たんぽぽの綿毛が風に吹《ふ》き上げられて空を舞《ま》い、小さな畑の畝《うね》には、黄緑色の新芽が吹《ふ》き出しているのが遠目にもぽつぽつと見えた。

初めて見るのに、どこか懐《なつ》かしい。疲《つか》れた旅人を優《やさ》しく迎《むか》え入れてくれそうな。

それが、アオノさんの家だった。

（……ああ、ここならもう大丈夫《だいじょうぶ》だ）さすがはアオノさんの家と言うべきか。まだ訪《たず》ねてもいないのに、彼《かれ》の家を見ただけで、僕《ぼく》はずっと背負《せお》っていた重い荷物を下ろしたようにほっとしてしまったのだ。


結論《けつろん》から言うと、拍子抜《ひょうしぬ》けするほど簡単《かんたん》に僕《ぼく》の願いは聞き入れられた。

彼《かれ》の家のドアをノックし、促《うなが》されるままに扉《とびら》を開ける。一度会っただけの子供《こども》がやってきたというのに、軽く目を見開いただけで、アオノさんはさほど驚《おどろ》く様子も見せなかった。代わりに、あの茶色い髪《かみ》の女の子が、目を真ん丸にして「――――パパ！」と叫《さけ》んだ。僕《ぼく》が現れたことに驚《おどろ》いているのか、後ろを歩いているマーゴットに驚《おどろ》いているのか――――アオノさんは、女の子の声を手で制し、僕《ぼく》に近づいた。あの深い緑色の目が、僕《ぼく》を試すようにじっと見つめた。

ああ、何から言えばいいんだろう。用意していた前置きやら自己紹介《じこしょうかい》やらは、アオノさんを前にして一瞬《いっしゅん》で吹《ふ》っ飛び、一番言いたいことしか頭になくなってしまった。今にも高い所から飛び降《お》りようとしているみたいに、足元がふわふわする。

「僕《ぼく》を弟子《でし》にしてください」

僕《ぼく》は勢いよく頭を下げた。

(言ってしまった……)

「────いいよ」

頭上から優《やさ》しい声が降《ふ》ってきた。見ず知らずの孤児《こじ》の頼《たの》みに、アオノさんはいともあっさりと頷《うなず》き、手を差しのべたのだ。僕《ぼく》はおずおずと手を伸《の》ばし、彼《かれ》と握手《あくしゅ》を交わした。すると何を思ったか、彼《かれ》は僕《ぼく》の手をひっくり返してまじまじと見つめた。何だというのだろう。長年ヴァイオリンを弾《ひ》いたせいでできたたこがある、荒《あ》れた僕《ぼく》の手のひら。何度かひっくり返して、最後になでるようにすると、アオノさんは大きく頷《うなず》いた。

「いいよ。まずは三か月試してみよう」

まさか、これほどすぐに受け入れてもらえるとは夢にも思っていなかった。断られても何度も頼《たの》みに行く、と意気込《ご》んでいた僕《ぼく》は、思わずあんぐりと口を開けてしまった。

「はい────はい、ありがとうございます、よろしくお願いします！」

慌《あわ》てたせいで、むせてしまった。アオノさんのような偉《えら》い先生の弟子《でし》にしてもらえるなんて、夢みたいだ。振《ふ》り向くと、僕《ぼく》の後ろにぴったりとついていたマーゴットと目が合った。マーゴットはにっこり笑って親指を立てた。まるでこうなることが分かっていたというような、会心の笑みだった。
この時から、僕《ぼく》の本当の人生は動き始めたのだ。

＊

アオノさんの家には、アオノさんと彼《かれ》の娘《むすめ》が二人で住んでいた。フロルという名の茶色い髪《かみ》の女の子は、年齢《ねんれい》こそ僕《ぼく》と同じくらいだが、口が達者で頭の回転も速く、家事のほとんどを取り仕切っているらしい。先生の娘《むすめ》さんということを差し引いても、とても勝てそうになかった。マーゴットのことを話すと、二人ともそれほど驚《おどろ》いた様子もなく頷《うなず》いた。フロルは、「きっと、すごーい職人さんが作ったのね」と感心していたが。それから、弟子《でし》入りが決まってからは、生活費の一切をアオノさんが肩代《かたが》わりしてくれることになった。「なに、あげるんじゃない。貸しておくだけ、『出世払《ばら》い』さ」とアオノさんが笑えば、「父さんの『出世払《ばら》い』は利子がつくわよー」とフロルがおどけた。それではあまりにも申し訳《わけ》ないと言うと、アオノさんは週末の教会で子供《こども》たちにヴァイオリンを教える仕事を紹介《しょうかい》してくれて、小銭くらいは稼《かせ》げるようになった。でも、アオノさんから借りたお金は全部書き留めておいて、いつか絶対に返そうと思う。

とりあえずの問題は住む場所を見つけることだった。住まいのことまで頭が回っていなかったので、「物置でよければ、住むかい」とアオノさんに聞かれた時、夢中になってこくこくと首を振《ふ》った。ものすごく有難《ありがた》い申し出だ。

畑を挟《はさ》んでアオノさんの家の向かい側にある物置は、面積にして五メートル四方あまり、灰色《はいいろ》の石レンガを積み立てて作られていた。蝶番《ちょうつがい》がだいぶ古くなってしまっている木のドアは、ギイーッ、と下手《へた》なヴァイオリンのような音を立ててゆっくりと開く。中には使わなくなった家具や、シャベルといった畑仕事の道具が雑多におさめられていた。分厚い布のように積もったホコリや砂《すな》、蜘蛛《くも》の巣と格闘《かくとう》しながら、不用品を物置の外に出す。ベッドや、薪《まき》ストーブ、少しぐらつくテーブルや椅子《いす》は「これは使えそうだね」と掘《ほ》り出し物捜《さが》しみたいで二人で大はしゃぎ。マーゴットは普段《ふだん》首に巻《ま》いているスカーフを三角に折りたたんで鼻を覆《おお》い、ほこりよけにして懸命《けんめい》にはたきをかけてくれたが、正直あまり労力にはならず、午後いっぱいかかってようやく掃除《そうじ》が一《ひと》段落《だんらく》した。腰《こし》に両手をあてて、マーゴットと物置の中をぐるりと見渡《みわた》す。正直、「家」らしい感じはしないけれども、窓《まど》も家具もあるし、今まで泊《と》まってきた宿の部屋よりもずっと広くて、居心地もよさそうだった。特に薪《まき》ストーブは、暖《だん》を取るだけじゃなく簡単《かんたん》な調理にも使えるので、重宝《ちょうほう》しそうだ。

「ここに、ずっといてもいいんだよね」

――そうだな。ずっとな。

僕《ぼく》たちは顔を見合わせて、微笑《ほほえ》んだ。口に出すと、涙《なみだ》がこぼれそうだった。

（これから、この物置が、僕《ぼく》たちの部屋だ。ここで僕《ぼく》はマーゴットと寝《ね》て、起きて、ごはんを食べて、それから建築家になる勉強をするんだ）

「やっほー、お二人さん、一休みしない？」

明るい声に振《ふ》り向くと、フロルがきんきんに冷えたソーダ水の瓶《びん》を三つ、手に持って入り口に立っていた。

＊

この町に腰《こし》を落ち着けて、大きく変わったことがもう一つがある。

マーゴットが、人前でいわゆる「人形のふり」をしたり、隠《かく》したりするのをやめたのだ。

今までは悪い人に目を付けられないようにするため、マーゴットは僕《ぼく》といる時にしか動かなかったが、ミルフィードで暮《く》らすなら、もう隠《かく》さないほうがいいと決めたらしい。今までしていた「人形のふり」は、やはりマーゴットにとっても窮屈《きゅうくつ》だったようで、彼《かれ》がのびのびしているのを見られて、僕《ぼく》もうれしかった。

町の人たちは、最初の頃《ころ》、マーゴットとすれ違《ちが》うと二度振《ふ》り返った。お洒落《しゃれ》な傘《かさ》を手元から落としたのにも気が付かず、顎《あご》を外さんばかりに見つめている女の人や、手を止めて仕事を忘《わす》れている掃除《そうじ》のおじさんたち。それでも毎日のようにマーゴットと出歩き、僕《ぼく》がアオノさんの新しい弟子《でし》だと知られるようになると、少しずつ町の人たちがマーゴットの存在《そんざい》に慣れていった。そのあたりから、マーゴットは徐々《じょじょ》に信頼《しんらい》できる人の前だけで話すようになっていった。親しくなったコーヒーハウスのマスターや、フロルのお使いでよく買い物をする肉屋さん、アオノさんと親しくしている石工の親方など、今では、町の人たちは、マーゴットが独り歩きをしていても誰《だれ》一人驚《おどろ》かない。それどころか、一緒《いっしょ》に歩いていると、僕《ぼく》ではなくマーゴットにだけ声がかかることも少なくない。この町の

人たちはいい人たちばかりだ。

無我夢中《むがむちゅう》で過ごしていると、時間が経つのは本当にあっという間だった。

アオノさんに弟子《でし》入りした時、十二才だった僕《ぼく》は、いつしか十五才になっていた。

それからのはなし〈夏〉

どこからか、とても心地よい歌が聞こえてくる。

母親が、子供《こども》に歌って聞かせる子守唄《こもりうた》のような、静かで優《やさ》しいメロディーだ。

いつまでも、ベッドの中でまどろんでいたくなるような歌だった。

歌はしばらくの間聞こえていたけれど、やがて聞こえなくなった。

（まさか、母さんが歌っている？）

はっとして目を開けると、まぶしい朝日が窓《まど》からさんさん差しこんでいた。見渡《みわた》すと、部屋にはマーゴットはいない。人形だからか、年のせいか分からないが、マーゴットは僕《ぼく》よりもずっと早起きなのだ。眠《ねむ》い目をこすりながらベッドを降《お》りると、起き抜《ぬ》けのせいか、手足がみしみしと痛《いた》む気がする。

「いてて」

ズボンをはきながら、僕《ぼく》は思わず独り言を漏《も》らした。どうも成長痛《せいちょうつう》というやつらしい。三年前にはいていた古靴《ふるぐつ》もズボンも、とっくにお役御免《やくごめん》になっていて、今はいているズボンはアオノさんが厚意でくださったものだ。ふと、ベッドの足元を見るとアオノさんに教えてもらったメモや、建築の資料の紙の山が雪崩《なだれ》を起こしていた。資料に限らず、この三年間で部屋にはずいぶんものが増えた。薪《まき》ストーブの上にはフライパンやフライ返しといった調理器具がつるされているし、ストーブの隣《となり》にはマーゴットが高い所に手が届《とど》くための梯子《はしご》が立てかけてある。

――おはよう。起きたか。

「おはよう、マーゴット」

マーゴットが、両手で籠《かご》を持ってドアのあたりに立っていた。彼《かれ》が「よいしょ」と言いながら籠《かご》を椅子《いす》の上に押《お》し上げる。そこから先は、僕《ぼく》が籠《かご》を取り上げてテーブルの上に置いた。籠《かご》の中には、ボイルした卵《たまご》と、パンが入っていた。アオノさんたちは、厚意でこうして朝ごはんをおそ分けしてくれる。今朝はラッキーなことに、フロル特製の丸パンだった。外はパリッと、中は絶妙《ぜつみょう》なまでにふわふわしているこのパンは、捏《こ》ね方に秘密《ひみつ》があるらしいのだが、フロルに聞いても頑《がん》として教えてくれない。

僕《ぼく》はおすそ分けしてもらった豆でコーヒーを淹《い》れることにした。マーゴットはコーヒーが好きで、朝に飲むと一日の活力が湧《わ》いてくるらしい。いい気分でコーヒーを二人分のマグに注いでいると、マーゴットが物言いたげに僕《ぼく》を見ていた。

「マーゴット、何か話でもあるの?」

――いや、その。コーヒーはまだかと、思ってな。

「そんなに飲みたかったの? ほら、もうできたよ」

笑いながらコーヒーを目の前に置くと、マーゴットはしばらく香《かお》りを楽しんだあと、両手で小さなマグをもって飲み始めた。近頃《ちかごろ》、マーゴットはこんなふうに何か言いたそうに僕《ぼく》を見る。

(本当は、マーゴットは僕《ぼく》に話したいことがあったりして)

僕《ぼく》は上の空で卵《たまご》の殻《から》をむいた。この柔《やわ》らかさからして、うまい具合に半熟《はんじゅく》だ。

「ねえ、マーゴット。本当はさ――」

――そういえば、アオノさんがお前に預《あず》けていた図面の見本を早く届《とど》けるようにと言っていたぞ。

「うわっ、忘《わす》れてた。早く持っていかなきゃ」

それを聞いて、僕《ぼく》の頭はもう図面のことでいっぱいになってしまった。（ご飯を食べたら、すぐにアオノさんの工房《こうぼう》に行かなくちゃ）

僕《ぼく》は、慌《あわ》ててパンを口いっぱいに頬張《ほおば》った。

（さあ、今日も一日、頑張《がんば》ろう）

＊

アオノさんの工房《こうぼう》に着くなり、僕《ぼく》はアオノさんの大きな机に次々《つぎつぎ》に図面を広げていった。重ならないように、破れないようにと注意深く広げた図面は、十数枚《すうまい》にもわたった。アオノさんは仕事が大詰《おおづ》めになると、こうして図面全体を見渡《みわた》しながら作業を進める。彼《かれ》が工房《こうぼう》にやってくる前に、仕事の下準備をある程度整えておくのも僕《ぼく》の仕事の一つだ。それから、僕《ぼく》は少し離《はな》れたところにある小さな作業机に自分の分の図面を広げた。アオノさんは近頃《ちかごろ》になって少しずつ、僕《ぼく》にも図面を描《か》かせてくれるようになった。今描《か》いているのは、アオノさんが建てる家の台所の部分だ。今から引くのは流しの外枠《そとわく》の線だから、芯《しん》が太くて柔《やわ》らかい鉛筆《えんぴつ》を手に取った。太い線は、物の外側を描《か》く時、細い線は寸法《すんぽう》を書き入れる時に使う。点線は、隠《かく》れた部分の形を表す。

一つ一つの線に意味があって、使う道具もそれに合わせてさまざまだ。僕《ぼく》は丁寧《ていねい》に線を引いていった。線を引き終われば、寸法《すんぽう》の確認《かくにん》だ。腕《うで》まくりをして、ちびた細い鉛筆《えんぴつ》を取り出した。小さな字で数字を紙に書きこみながら、これまでのことを何とはなしに思い起こしていた。

アオノさんは、とにかく根気よく色々《いろいろ》なことを教えてくれた。基本的なことは、教本を読み、分からなければアオノさんに聞いた。アオノさんは、馬鹿《ばか》みたいな質問にも、笑わずに丁寧《ていねい》に教えてくれた。繰《く》り返し読んだせいで、元々《もともと》おさがりだった教本はぼろぼろになったけれど、僕《ぼく》は何だかそれがうれしかった。それから、仕事場でアオノさんの手伝いをした。手伝いといっても、まだほんの雑用だ。平べったくて、大小の丸が型抜《かたぬ》きされている定規《じょうぎ》や、さまざまな太さと濃《こ》さのペン、図面を引くのに使う製図板の名前や使い方を教えてもらって、指示されたところに線を引いたり、アオノさんが描《か》いた図面をなぞったりする。建物の模型《もけい》を作る作業では、これがいずれ、本物の建物になるかと思うと、わくわくした。マッチ箱ほどの大きさの学校やら家やらを眺《なが》めていると、何だか自分が巨人《きょじん》になったような気がしたものだ。

基本的なことが一通り分かるようになった頃《ころ》から、アオノさんは僕《ぼく》を外に連れ出すようになった。ただ歩き回って、町並《まちな》みをじっと見ている時もあれば、野原にある木だとか、石をじーっと見ているだけ、なんていうこともあった。そんな時、アオノさんはとにかく僕《ぼく》に質問させた。不思議に思ったこと、感想、何でもいい。その辺の石ころでも、古びた家でも、それを見て何を思うか、自分ならこの建物をどう変えるか、それはなぜか。アオノさんはいいとも悪いとも言わず、とことん僕《ぼく》に考えさせた。

とはいえ、弟子《でし》になったばかりの頃《ころ》には毎日のように弱音を吐《は》いた。

両親が生きていた頃《ころ》に、村の学校で簡単《かんたん》な読み書き計算は習っていた。旅に出てからは、暇《ひま》を見てマーゴットに勉強を教えてもらった。地面に棒切《ぼうき》れで繰《く》り返し字を書いたり、ゴミ箱から拾ったチラシの裏側《うらがわ》を使って計算式を習ったりした。マーゴットは色々《いろいろ》なことを知っていたし、そのすべてを惜《お》しみなく僕《ぼく》に教えてくれたけれど、学校の勉強は補《おぎな》いきれなかった。日中は山のように雑用があったから、足りない知識を補《おぎな》うのはどうしても夜になったし、ちょっと勉強したくらいでは理解が追いつかないことも多かった。体はくたくたに疲《つか》れているし、頭はぼーっとする。もう全部やめてしまいたい、とこぼすこともあった。だがそんな時、マーゴットは厳《きび》しかった。

――いいか、建築も、そのための勉強も、すべてお前がやりたいと言って始めたことだ。この程度でやめてしまうなら、最初からやりたいなんて言うな。

自信をなくして泣いても相手にしてくれなかった。その代わり、僕《ぼく》だけに悩《なや》ませておくこともしなかった。必ず一緒《いっしょ》に悩《なや》んでくれた。自分も勉強すると言ったマーゴットと二人、計算式が解けなくて本の前でうんうんうなった夜がどれほどあったか。それに僕《ぼく》がどれほど助けられたことだろう。

厳《きび》しいといえば、学べば学ぶほど少しずつ分かってきたことがある。建築家という仕事自体の大変さだ。設計はもちろんのこと、僕《ぼく》たちが立ち向かわなければならない強敵の一つが、台風や大雨といった自然災害だったが、これがどうして油断のならない相手だった。弟子《でし》入りして、ちょうど一年やそこら経った頃《ころ》のことだろうか。アオノさんが隣町《となりまち》で家を建てている最中に台風が来た。風は戸を鳴らして激《はげ》しく吹《ふ》きすさび、雨音と雷鳴が轟《とどろ》いている中、アオノさんが僕《ぼく》を呼《よ》びに来た。

「現場に行くぞ」

「こんな嵐《あらし》の中をですか！」

「だからだよ。ちょうど屋根を葺《ふ》いている最中だ。吹《ふ》き飛んだあとでは、取り返しがつかないことになる」

アオノさんの口調は断固としていた。雨合羽を羽織ると馬車で隣町《となりまち》へと向かった。現場に着くと、確かに建築途中《とちゅう》の屋根は吹《ふ》き飛びそうになっている。

（まっすぐに歩くのも難《むずか》しいくらいの風が吹《ふ》いてるのに、どうすればいいんだ）などと思っているうちに、アオノさんは梯子《はしご》を使って屋根へと上っていて、僕《ぼく》を大声で呼《よ》んだ。強風にあおられて揺《ゆ》らぐ梯子《はしご》、雨水で滑《すべ》る足元。自分を支えているのが精いっぱいで、正直怖《こわ》かった。

「腰《こし》を入れて踏《ふ》ん張るんだ！」

指示されるままに全身を使って必死で屋根を押《お》さえる。しばらく耐《た》えているうちに寒さで体が強ばり、僕《ぼく》ごと飛ばされそうなほど風が強くなってきた。

（飛ばされる！　もうだめだ）

そう思った瞬間《しゅんかん》、別の方から力が加わった。見たことのある石工や大工たちが総出で屋根を支えてくれている。どうやら、みんなも心配して来てくれたようだ。間一髪《かんいっぱつ》、間に合った。危険《きけん》なことには変わりないけれども、力強い大人たちのおかげで、押《お》さえる作業は格段《かくだん》に楽になった。アオノさんはといえば、次々《つぎつぎ》に大声で彼《かれ》らに指示を飛ばして、自分も作業に当たっていた。

この台風で屋根が飛ぶことはなかった。完成した家は、壁《かべ》も屋根もしっかりとして、大風をものともしない。僕《ぼく》は隣町《となりまち》を訪《おとず》れると、遠回りしてこの家の前を通ってしまう。

「建築家には、家を守る責任がある。それは決して、人任せにしてはならない」

アオノさんの口癖《くちぐせ》だが、この一件で、僕《ぼく》にはようやく意味が分かったような気がした。

「今日は、いいものがあるよ」

夕食のあと、僕《ぼく》は隠《かく》していた紙袋《かみぶくろ》をがさがさとマーゴットの顔の前で揺《ゆ》らした。マーゴットの顔もぱっと明るくなった。

――マシュマロだね。

「今夜は、久しぶりに焼きマシュマロだよ」

――コーヒーを淹《い》れよう。

焼きマシュマロは、僕《ぼく》たちのささやかな贅沢《ぜいたく》の一つだった。ヴァイオリン教室の収入《しゅうにゅう》が入った時や、他のお手伝いをして懐《ふところ》が温かくなった時、マシュマロを買うのだ。安くて簡単《かんたん》、何より美《お》味《い》しい。マーゴットと僕《ぼく》は、いそいそと夕食の後片付《あとかたづ》けを済《す》ませた。

「マーゴット、そっち、そろそろ焼けたんじゃない？」

――む、もう少し。

串《くし》に刺《さ》したふわふわのマシュマロを薪《まき》ストーブに近付けて焼くのだが、かすかな焦《こ》げ目がつくくらいの距離《きょり》でじっくりと炙《あぶ》るのにはコツがいる。ちょっと気を抜《ぬ》いて火に近づけすぎると、マシュマロはあっという間に真っ黒の炭になってしまうのだ。ふうふうマシュマロを冷ましながらマーゴットと一緒《いっしょ》に食べる。「あちっ、ん、美味《おい》しい」

きつね色になった表面をさくりとかじると、とろりと甘《あま》く溶《と》けたマシュマロが口の中に流れこんでくる。熱くて火傷《やけど》しそうになるのだけど、ものすごく美味《おい》しい。

――ひげが。

マーゴットが情けなく眉《まゆ》を下げた。見ると、マシュマロがひげにべったりと付いてしまっている。こうなるとなかなか取れないのだが、かといって焼きマシュマロを食べるのをやめる理由にはならなかった。

「あとで、水で濡《ぬ》らしたふきんを、ひげにかぶせておけばいいよ。マーゴット、コーヒーにマシュマロ入れる？」

――そんなに贅沢《ぜいたく》をして、いいのか？

マーゴットの言い方がおかしくて、ついからかってみる。

「じゃあ、マシュマロ入れない？」

――こらこら。

熱いコーヒーにマシュマロを放りこむと、しゅわしゅわとかすかな音を立ててゆっくり溶《と》けていく。僕《ぼく》たちがストーブの前で話すのはとりとめのないことばかりなのに、嘘《うそ》みたいに楽しくてたまらなかった。

＊

――話したいことがある。ちょっと、時間をとれないか。

ある朝、向かい合って朝食をとっていると、何気なくマーゴットが切り出した。こんなふうに改まってマーゴットが言い出すことは珍《めずら》しい。もしかして、時々《ときどき》僕《ぼく》の顔を見ていたのは、この話をしたかったからなのだろうか。

「分かった。実は、僕《ぼく》もマーゴットに話があるんだ」

僕《ぼく》もマーゴットに報告があった。アオノさんから昨日言われたうれしいことが。

昨日は図面を読むのに遅《おそ》くまでかかってしまい、部屋に戻《もど》った時にはマーゴットは椅子《いす》の上で舟《ふね》をこいでいたのだ。

──今日の帰りも、遅《おそ》くなるのか？

「ううん、今日の手伝いは午後早くに終わる予定。それからね……」

僕《ぼく》はトウモロコシのパンをぱくつき、コーヒーを飲んだ。

たいてい、僕《ぼく》たちは向かい合って朝食を食べながら、その日の予定を確認《かくにん》し合う。マーゴットは僕《ぼく》が勉強や雑用をしている間、彼《かれ》なりに忙《いそが》しくしているみたいだ。午前中は、たいていフロルを手伝って、畑での水やりや、野菜の手入れ。それから、部屋に戻《もど》って、僕《ぼく》と昼食を食べる。午後はお昼寝《ひるね》をしたり、掃除《そうじ》や片付《かたづ》けをしたりして過ごしていると言っていた。だが、僕《ぼく》が把握《はあく》しているよりもマーゴットの行動範囲《はんい》は意外と広い。書置きを残してアオノさんのところに遊びに行っていたり、顔なじみのマスターがやっているコーヒーハウスのカウンター席にちょこんと腰《こし》かけていたりしたこともあった。

今日は午後までアオノさんの手伝い、それからヴァイオリン教室なので、そのあとにマーゴットと近くの麦畑で待ち合わせをした。マーゴットの話が何かは分からないが、僕《ぼく》の話を聞いたら、きっと喜んでくれるだろう。

「ポルカさんがあんたを待ってるわよーっ」

教会の窓《まど》から身を乗り出して、フロルが絵筆《えふで》を持ったまま大きく手を振《ふ》っている。

僕《ぼく》は、教会の小部屋の一つをヴァイオリン教室として使わせてもらっていた。生徒のほとんどは子供《こども》だけれど、大人が一人だけ、混じっている。ポルカさんという石工の親方だ。まだヴァイオリン教室の始まる時間までだいぶあるというのに、もう来ているのだろうか。

フロルは窓《まど》から落ちんばかりに手を振《ふ》り続けている。彼女《かのじょ》が通っている絵画教室のあとに、同じ部屋で僕《ぼく》のヴァイオリン教室があるから、そのまま居残っていたようだ。

フロルは絵を描《か》くのが好きだ。動物、植物、人、何でも描《か》く。昔から暇《ひま》があれば絵を描《か》いていたらしいけれど、描《か》き方を本格的に習い始めたのは、ちょうど僕《ぼく》が弟子《でし》入りした頃《ころ》かららしい。

フロルの絵は、率直に言えば、ものすごく上手《うま》いというわけではない。でも、どの絵も生き生きしていて、彼女《かのじょ》らしい温かみがある。僕《ぼく》は好きだ。いつだったかそう伝えると、珍《めずら》しく照れて赤くなった。

絵だけじゃなくて、料理も得意なフロルは毎日のように僕《ぼく》たちに差し入れをしてくれる。大雑把《おおざっぱ》に調味料を入れるせいで、時々《ときどき》失敗もするけれど、大体はとても美味《おい》しかった。

料理に使う野菜やハーブはフロルが畑で育てていて、大地の生命力を感じさせる味だ。もっとたくさん育てて売ればいいのに、と言ったら、

それからのはなし　〈夏〉

「自分たちで食べる分と、ご近所におすそ分けできるくらいでちょうどいいの」だそうだ。花は育てないのかと聞いたら、「だって花は食べられないじゃない」と豪快《ごうかい》に笑った。

「おう、ぼうず。遅《おそ》いじゃないか」

教室に入るなり、ポルカさんはばしばしと僕《ぼく》の背《せ》を叩《たた》いた。痛《いた》い。

「えーと、一応時間前なのですが」

「分かってるさ。絵画教室の方が早く終わったからよ、お前が早く来ないかと思って、さっきまで嬢《じょう》ちゃんと一緒《いっしょ》に待ってたのさ」

ポルカさんは見上げるような大男で、頭はぴかぴかに禿《は》げ上がっている。普段《ふだん》は何十人もの石工をまとめ上げているおっかない親方だ。見かけによらず、と言ったら失礼かもしれないが、ポルカさんは絵画や音楽、かわいいものが好きで、裁縫《さいほう》もお手の物らしい。ポルカさんはマーゴットとは早くから打ち解けており、時々《ときどき》散歩と称《しょう》してマーゴットをその広い肩《かた》にのせては、野原を散策《さんさく》しているようだ。ちょっと、うらやましい。

ポルカさんは、石工としては間違《まちが》いなく一流の腕《うで》だが、ヴァイオリンの才能は致命的《ちめいてき》なまでになかった。教室では、レッスンの順番も決めていて、ポルカさんはいつも一番最後に弾《ひ》いてもらっていた。それはもちろん、他の生徒たちへの音の被害《ひがい》を防ぐためなのだが、ポルカさんは自分の演奏《えんそう》を誰《だれ》かに聴《き》いてもらいたいという情熱を募《つの》らせていたようで、弟子《でし》の石工さんたちをつかまえては無理矢理腕前《うでまえ》を披露《ひろう》しているらしい。石工さんと道ですれ違《ちが》う度に、深刻《しんこく》な顔で「親方にヴァイオリン教えるの、やめてもらえませんか」と頼《たの》まれる。大事な生徒さんだから、と断ると恨《うら》みがましい目つきをしながら「我慢《がまん》するしかないか……」と溜《た》め息をつかれる。

ヴァイオリン教室のあと、そのままポルカさんの仕事場についていった。建設途中《とちゅう》の建物を見学させてもらうのだ。僕《ぼく》のような若造《わかぞう》が出入りすることに眉《まゆ》をひそめる職人や石工もいるけれど、ポルカさんはいつも笑顔で迎《むか》えてくれる。アオノさんに弟子《でし》入りしてから痛感《つうかん》したのが、建設の現場で働く人たちとのつながりの大切さだ。僕《ぼく》たちは、設計をするだけでなく、建設現場に行って指導する。木材や石材を扱《あつか》い、実際に建物を「建てる」のは、ポルカさんたちのような現場の人間だが、的確に全体の指示を出し、監督《かんとく》をするのも建築家の仕事の一つだった。自然と付き合いは深くなる。

ポルカさんは、仕事中は厳《きび》しいけれど、地の性格《せいかく》はかなり明るくて屈託《くったく》がない。僕《ぼく》のような子供《こども》にも、大人と同じように話してくれる。休憩中《きゅうけいちゅう》に、仕事について色々《いろいろ》と教えてくれることもあった。穏《おだ》やかなアオノさんと賑《にぎ》やかなポルカさんは、意外にも馬が合うようで、仕事がない時も、お互《たが》いの家をよく行き来している。とはいえ、仕事の方針《ほうしん》でぶつかる時は激《はげ》しい言い合いをすることもある。最初にその現場に出くわした時は、すっかり驚《おどろ》いてしまったが、翌日《よくじつ》には二人ともけろりとしていた。僕《ぼく》に対して、ポルカさんがあんなふうに激《はげ》しい物言いをすることはないが、それはまだ僕《ぼく》が本気で相手をしてもらう段階《だんかい》になっていない、ということかもしれない。ポルカさんと仕事の口げんかをできるようになることが、とりあえずの僕《ぼく》の目標だ。

＊

どこからか、蝉《せみ》の声が微《かす》かに聞こえてくる。長かった夏は、もうそろそろ終わりに近づく気配を見せていた。マーゴットと待ち合わせた麦畑に着いた頃《ころ》には、もう夕暮《ゆうぐ》れになっていた。収穫《しゅうかく》までであと数カ月はかかりそうな青みがかった穂《ほ》が視界《しかい》いっぱいに広がっている。麦畑を吹《ふ》き抜《ぬ》ける風が穂《ほ》をなでるたびに、まるで漣《さざなみ》みたいな音を立てた。

――ざああ、ざああ。

マーゴットと二人、畑の前の坂に寝《ね》そべりながら、麦の音を聞いていた。目を閉《と》じると、まるで海の中にいるみたい。とても穏《おだ》やかで、満ち足りた気持ちで、僕《ぼく》は「報告」を切り出した。

「ねえ、マーゴット。アオノさんが、そろそろ僕《ぼく》の卒業試験をするって」


つい、昨日のことだ。図面に向かっていたアオノさんは、ふと手を休めた。

「君が弟子《でし》になってから、もう何年になるかな」

アオノさんのところで勉強するようになってから、思えばすでに三年の歳月《さいげつ》が流れていた。本当に色々《いろいろ》なことを教えて頂《いただ》いたものだ。最初の頃《ころ》なんて、図面を逆さまに見ていても何時間も気が付かなかったこともある。それに、定規《じょうぎ》で一本の線を引くのさえ緊張《きんちょう》した。きれいな線を引けるように何百回も練習しては、線を引く時に使った木炭のせいで袖口《そでぐち》がまっ黒になった。今では、同時にいくつかの定規《じょうぎ》を使って線を引くことさえできる。強度や角度の計算も、難《むずか》しいけれどだいぶできるようになってきた。


「もうそろそろ、見習い弟子《でし》は卒業だな。卒業試験でもする頃《ころ》かな」

（卒業試験、だって？）

僕《ぼく》は目を見開いた。そんなのはまだまだ先だと思っていたのに。だって、まだ一人立ちできるような腕《うで》じゃない。アオノさんから学びたいことはまだ山ほどあるのに。僕《ぼく》の戸惑《とまど》いを見透《みす》かしたように、アオノさんは笑った。

「もちろん、試験に合格したからといって、すぐ独立しろなんていうことはないよ。試験といっても、弟子《でし》の第一段階《だんかい》卒業さ。ただ、このあたりがいい頃合《ころあい》いなんだよ。卒業試験に真剣《しんけん》に向き合うことで、自分の足りないところが見えてくるし、進みたい方向もよりはっきりと見えてくるからね」

「いいんですか、僕《ぼく》が」

「この三年、君はずいぶん頑張《がんば》った。発想力もなかなかのものだし、計算や図面の読み取りも正確だ。十分、建築家を目指していい」

アオノさんは、不安に揺《ゆ》れる僕《ぼく》の目を見て、にっこり笑った。

「アオノさんが褒《ほ》めてくれたんだ。試験の内容は、もうすぐ教えてくれるって」

アオノさんがあんな風に手離《てばな》しに褒《ほ》めてくれたのは、初めてのことだ。僕《ぼく》に任せた仕事の仕上がりに「よし」と言ってくれることはあっても、わずかなミスも許さない人だから。僕《ぼく》はうれしかった。この三年間が、報われたような気がした。興奮《こうふん》気味の僕《ぼく》の話を、マーゴットは、うれしそうに頷《うなず》きながら聞いてくれた。

「マーゴットが僕《ぼく》を支えてくれたおかげだよ。本当にありがとう」

――いやいや。お前はたいそう努力したよ。それに、これからがスタートだからな。気を抜《ぬ》いちゃいかん。

「そうだね。気を引き締《し》めてかかることにするよ。……あっ、僕《ぼく》ばかりしゃべってごめん。マーゴットも話があるんだよね？」

自分の報告をするのに夢中になっていて、元々《もともと》用事があったのはマーゴットの方だということをやっと思い出した。

――ああ、それはな。

マーゴットは言葉を切って、僕《ぼく》の顔を見た。とても真剣《しんけん》な表情だ。いったい何だろう。

ざざあ、ざざあと繰《く》り返す麦の穂《ほ》が奏《かな》でる音が、僕《ぼく》の心音と重なって急に不安が募《つの》った。

――わしは、もうすぐ動かなくなる。静かに眠《ねむ》れる場所を、わしに作ってくれないか。

その一瞬《いっしゅん》、すべての音が途《と》絶《だ》えた。数秒後、僕《ぼく》に流れる血潮《ちしお》の音、麦畑の波の音がすべて一気に流れこんできて、耳がつぶれそうなほど大きく響《ひび》いた。目の前のマーゴットは見たこともないほど穏《おだ》やかな表情をしていて、彼《かれ》が言ったことが本当であるということが、聞き返すより先に僕《ぼく》は分かってしまった。

それから、どうやって家に帰ってきたのか覚えていない。僕《ぼく》は椅子《いす》に座《すわ》るなり頭を抱《かか》えた。マーゴットが死ぬ。動かなくなる、とはつまり、そういうことだろう。考えたこともなかった。でもマーゴットは、人形なのだ。人間と全く同じように生きているわけではないのに、死ぬだなんておかしい。第一、今までそんな話は全く出なかったじゃないか。マーゴットは何か、勘違《かんちが》いしているんだ。医者――――に見せてもだめかもしれないけれど、試してみる価値《かち》はある。医者がだめだったら、そうだ、人形職人にでも見てもらえばいい。そうすれば、きっとよくなるに違《ちが》いない。

混乱《こんらん》し、彼《かれ》の言葉を否定《ひてい》しながらも僕《ぼく》は、どこかでマーゴットの話が動かしようもない事実なのだと確信していた。だって、マーゴットの目はあんなに静かだった。諦《あきら》めでも絶望でもない、自分の運命を受け入れている目だった。マーゴットは、そう遠くないいつか、僕《ぼく》の前から永遠にいなくなってしまうのだ。僕《ぼく》は思わず髪《かみ》をかきむしった。

マーゴットがいなくなってしまったら、僕《ぼく》はこれからどうやって生きていけばいいのだろう。それなのに彼《かれ》は、僕《ぼく》に自分の墓を作れという……。

＊

窓《まど》から差しこんだ星明りが、顔を照らした。僕《ぼく》はのろのろと立ち上がった。

マーゴットの話のせいで、アオノさんの工房《こうぼう》に、できあがった図面を届《とど》けに行くのを忘《わす》れていた。遅《おく》れたことを謝《あやま》って図面を渡《わた》すと、アオノさんはゆっくりとあごひげをなでた。

「そういえば、卒業試験の内容だが」

ぴくりと、体がこわばったのが分かった。あれほど喜ばしかった試験なのに、今の僕《ぼく》は、アオノさんの話を聞きたくないと思ってしまう。

「卒業試験は、家を一つ作ること。期限は、来年の春までだ。それまでに家を作って、完成させられたら合格だよ」

(———そんな)

目の前が真っ暗になった。とてもできないと思った。マーゴットのお墓を作らなくてはならないのに、このうえ、「家」まで作れというのか。どちらか一つだって、時間が足りないくらいなのに、二つなんて無理に決まっている。僕《ぼく》は頭を抱《かか》えた。

それから何日も、マーゴットとは口をきかなかった。それどころか、顔を見ることもできなかった。時々《ときどき》マーゴットが僕《ぼく》の方を見ている気配がしたが、僕《ぼく》が無視《むし》を決めこんでいると、何も言わなかった。それに、長い時間外にいて、何かやっているみたいだ。僕《ぼく》よりも遅《おそ》く帰ってくる日もある。何をしているか分からないし、話そうともしない。僕《ぼく》がいなくても、マーゴットにはそれほどたいした問題じゃないのかもしれなかった。

――あの日、工房《こうぼう》から戻《もど》ったあと、僕《ぼく》はマーゴットに「医者に診《み》てもらってくれ」と必死に頼《たの》んだ。もしかしたら助かるかもしれない、死ぬなんて間違《まちが》いじゃないかと。だが、マーゴットは「誰《だれ》に見せても無駄《むだ》だ、自分には分かる」の一点張りで、頑《がん》として言うことを聞いてくれなかった。少しでも生きられる可能性があるのなら、試してくれてもいいじゃないか。マーゴットは、一人残される僕《ぼく》のことを考えてもくれないのだろうか。ずっと一緒《いっしょ》にいられると思っていたのに、勝手に自分だけで死ぬと決めてしまって、墓だけ作れと言うなんて。家族だと思っていたのは、僕《ぼく》だけだったのだろうか。やり場のない憤《いきどお》りを持て余し、何を考えてもひどく虚《むな》しかった。

精神的なものは仕事にも影響《えいきょう》するらしく、集中できずにミスの連発。大切な図面に間違《まちが》った線を引いてしまった。真っ青になって謝《あやま》ったが、アオノさんの表情は険しかった。

「もしかしたら、卒業試験をするのは早かったかもしれんな。このところ、君が悩《なや》んでいるのは分かっていたが、この仕事は、ミスは許されない。わずかな計算のミスの影響《えいきょう》が、全体に及《およ》ぶ。それが分かるまで、仕事場に来なくてよろしい」

三年頑張《がんば》ってきて、数日前に初めて褒《ほ》めてもらえたばかりなのに、もうアオノさんを失望させてしまった。僕《ぼく》は身が縮《ちぢ》こまるほど、恥《は》ずかしかった。

「悩《なや》むのが悪いとは言わないよ。答えを出したら、また来なさい」

アオノさんは、僕《ぼく》の頭に手を置いた。僕《ぼく》が卒業試験のことで思い悩《なや》んでいると思っているのだろうが、それだけじゃないんだ。どうしよう。四方八方、行き詰《づ》まりだ。

僕《ぼく》は部屋の中をいらいらと歩いていた。外はいい天気なのに、むかむかが治《おさ》まらない。アオノさんの工房《こうぼう》から追い出された僕《ぼく》は、その足で人形職人の店に行った。あまり評判のよくない人形職人だったが、マーゴットのためにできることはしておきたいと思ったのだ。事情を話すと、年かさの人形職人は、人形の寿命《じゅみょう》なんて聞いたこともないと首をひねった。

「関節に油でもさしとけばいいんじゃないか。滑《なめ》らかに動くようになる」

「そんな……」

やはり無駄骨《むだぼね》だった。そもそも、店に陳列《ちんれつ》された人形で動いている人形は一体もないことからして、この職人にマーゴットのことが分かるはずはなかったのだ。

「そもそも、人形が動いて口をきくなんて、機械人形でも聞いたことがない。あんたの人形がおかしいのさ。まあ、一度バラバラに解体すりゃあ、何か分かるかもしれんが」

（この人は、マーゴットを何だと思ってるんだ？）

我慢《がまん》して聞いていたが、最後の一言には、どうしても我慢《がまん》できなかった。

「解体するだなんて、いい加減にしてください。マーゴットはただの人形じゃない。ちゃんと心があるんです。……帰ります。二度と来ません」

「勝手にしろ。生意気な小僧《こぞう》が」

職人は何かわめいていたが、意地でも振《ふ》り返らなかった。

「ちくしょう…！　どうしてマーゴットが死ななきゃならないんだ」

僕《ぼく》は苛立《いらだ》ちのままにテーブルに拳《こぶし》を叩《たた》きつけた。マグカップが驚《おどろ》いたようにカチャンと音を立て、手がじんじんと痛《いた》んだけれど、何度もテーブルを殴《なぐ》り続けた。もちろん、あの失礼な人形職人には腹《はら》が立っていた。だけど、この苛立《いらだ》ちはそれだけじゃない。

煮《に》えたぎるようなぐちゃぐちゃした感情の正体が何なのか、本当は分かっていた。

「マーゴットがいなくなるのが、怖《こわ》い……」

蚊《か》の泣くような震《ふる》えまじりの独り言で、僕《ぼく》はとうとう自分に認《みと》めた。マーゴットが何も言ってくれなかったとか、僕《ぼく》には何もできないとか、そんなことよりも、たった一つ。

(――彼《かれ》がいなくなってしまうことが、どうしようもなく怖《こわ》いんだ)

怖《こわ》い。足元から地面が粉々《こなごな》に崩《くず》れ落ちていくようだ。もう一人じゃ立っていられない、今までどうやって立っていたかも分からなくなってしまった。怖《こわ》い。

マーゴット、頼《たの》むからいなくならないでくれ。僕《ぼく》を一人にしないでくれ。彼《かれ》がいなくなったら、僕《ぼく》は本当に、本当にひとりぼっちになってしまう。今度はもう立ち直れない。そんな気がした。

椅子《いす》からずり落ちて、うずくまった。両親がいなくなった日以来、こんなことはしたことがなかったけれど、年頃《としごろ》の男の子にしてはみっともないくらい、しゃがれた声を上げて泣いた。

＊

泣いたところで、どうにもならないものはどうにもならないのだが、思い切り泣いたことで少しだけすっきりした。そういえば、今日は午後からはヴァイオリン教室だったんだっけ。でも、とてもそんな気になれない。断りに行こうとドアを開けると、

「やっほー。近頃《ちかごろ》、やけに辛気臭《しんきくさ》い顔してるじゃない」

物置の陰《かげ》から、ひょこりとフロルが顔を出した。ずいぶん久しぶりにフロルの顔を見た気がする。僕《ぼく》はまぶしいものを見たかのように、目をしばたたいた。目が腫《は》れているのが、ばれやしないだろうか。よりによってこんな時に何の用かと思ったが、意味ありげにバスケットを揺《ゆ》らしているところからすると、ランチのお誘《さそ》いのようだ。一瞬《いっしゅん》、断ろうか迷ったけれど、おなかは空いていたし、理由もなくフロルに逆らうとあとが怖《こわ》い。素直に従《したが》ったほうがよさそうだ。

「今日は天気がいいから、久しぶりに外でご飯を食べたい気分だったの」

フロルに付き合って、教会の近くの野原まで歩いた。ランチのあとに、教会に行って断ればいいのだから、僕《ぼく》にとっても都合がいい。

(丁度いい、今日だけとは言わず、ヴァイオリン教室はしばらく休ませてもらおう)

そう決めると、少しだけ気が楽になったような気がした。

「このところマーゴットも元気ないけれど、何かあった？」

彼女《かのじょ》はお手製の丸パンサンドイッチに豪快《ごうかい》にかぶりついた。やっぱりばれていたか。

「教えてくれないなら、パンあげない」

まさに丸パンをつかもうとしていた僕《ぼく》の手を、フロルがぴしりと叩《たた》いた。意外と痛《いた》い。

「分かったよ、ちゃんと話すから」

「よろしい」

お許しが出たので、丸パンサンドイッチを頬張《ほおば》った。自家製マスタードに、照り焼きチキン、フロルが育てたレタス。久しぶりに美味《おい》しいものを食べた、と思った。さっきまで地の底を這《は》っている気分だったのに、暖《あたた》かい日差しに目を細める。

（人間って、どんなに落ちこんでもおなかは減るし、眠《ねむ》くなるんだな……）

「パパは、あんたが卒業試験のことで悩《なや》んでるって言ってたけど、あたしはそう思わなかった。あんた、そんなヤワじゃないもの」

「……そんなふうに見えてたんだ」

「パパ、相当あんたのこと気にしてるわよ。まだ試験は早かったんじゃないかとか。さっき工《こう》房《ぼう》に差し入れを持っていった時だって、コーヒーがズボンに垂《た》れたのも気が付かなかったもの。

あんたがそんなふうだと、洗《あら》い物が増えて、あたしも困《こま》るの」

これは、フロルなりに心配してくれているということだろうか。それをストレートに言わないあたりも、また彼女《かのじょ》らしい。

「実は、マーゴットに、話をされたんだ……」

僕《ぼく》はマーゴットのことを話し始めた。誰《だれ》かに聞いてほしかったのかもしれない。フロルはいい聞き手だった。僕《ぼく》が話している間、相槌《あいづち》を打つだけで、一度も口を挟《はさ》まず、聞き終えるとエプロンのフリルに付いた食べかすをはらった。

「マーゴットは、本当にあんたに『お墓』を作ってくれって、頼《たの》んだのね？」

「うん。『静かに眠《ねむ》る場所を作ってほしい』って」

「腹《はら》が立つわ」

「――うん、僕《ぼく》も怒《おこ》ってる。こうなる前に、どうして僕《ぼく》に何も言ってくれなかったんだろうって」

「違《ちが》うわ。あたしが腹《はら》を立てているのは、あんたよ。さっきからあんた、自分のことばーっかり。それでめそめそ愚痴《ぐち》ばっかり」

「そ、そんなつもりはないけど」

「つもりがなくても、そうなの」

フロルは僕《ぼく》の前に仁王立《におうだ》ちになった。

「マーゴットに消えてほしくない。そう思うのは当たり前だけど、実際、残された時間はあまりないんでしょ。そしたらあんたのすべきことはただ一つ。わーわー子供《こども》みたいにわめく暇《ひま》があるんなら、マーゴットの願いをかなえることでしょう」

「でもよりによって、お墓を作ってくれだなんて、ひどすぎる」

「ひどい？」

「ひどいよ。僕《ぼく》が何とかしようとしているのに、死んだあとの話しかしないなんて」

喉《のど》が詰《つ》まったようにそれきり何も言えなくなって、うつむいた。――――と思ったら、フロルが僕《ぼく》の頬《ほお》を勢いよくひっぱたいた。僕《ぼく》は呆然《ぼうぜん》と彼女《かのじょ》を見上げた。

「残される人だけが、辛《つら》いとは思わないで！」

フロルの顔は真っ赤だった。涙《なみだ》の溜《た》まった眼で、きっとこちらを睨《にら》みつけた。

「あたしの母さんは、長いこと患《わずら》って、亡《な》くなったの」

初めて聞く、フロルの母親の話だった。

「母さんはね、もう長く生きられないって分かってても、あたしの前じゃ絶対に泣いたりしなかった。あたしが泣いても、強くならなきゃだめよ、でもごめんね、って。だけど、父さんの前では泣いていたの。フロルを残して逝《い》きたくない、ずっと一緒《いっしょ》にいて、守ってやりたいって。大切な人がいるのに、自分だけ先に逝《い》かなきゃならない人が、どうして苦しまないなんて言えるの？ マーゴットがあんたに、どんな思いでお願いしたと思う？ あんたたちを見てれば、どれほどマーゴットがあんたのことを大切に思ってるか、あたしにだって伝わってくるわ。あんたのことが大切なぶん、マーゴットもどんなにか辛《つら》いはずよ」

フロルはぽろぽろと涙《なみだ》を流していた。エプロンを握《にぎ》りしめた手が、細かく震《ふる》えている。

「――ごめん」

叩《たた》かれた頬《ほお》がじんじんと痛《いた》い。僕《ぼく》は思わず謝ったけれど、何に謝っているのか、自分でも分からなかった。

ヴァイオリン教室を断った帰り道、フロルの泣き顔が頭から離《はな》れなかった。

――マーゴットは本当に、『お墓を作ってくれ』って言ったの？

――残される人だけが、辛《つら》いとは思わないで！

フロルの涙《なみだ》ごと、熱い気持ちがぶつかってきたみたいだった。

そうだ――マーゴットは、いつだって僕《ぼく》のことを考えてくれた。そんな彼《かれ》が、僕《ぼく》のことを心配していないはずはないんだ。

(ちょっと待てよ。フロルの言う通り――、いつ彼《かれ》が『お墓』って言葉を口にした?)

そういえば、マーゴットは「お墓」とは一度も言っていない。僕《ぼく》が放っておくはずはないのに、死んだあとのことをわざわざ頼《たの》むのも変な話だ。

考えながら歩いていたら、いつの間にかアオノさんの家の近くまで来ていた。

小さな人影《ひとかげ》を見つけて、僕《ぼく》は思わず茂《しげ》みに隠《かく》れてしまった。マーゴットだ。

離《はな》れたところから見るせいか、その姿《すがた》はいっそう小さく見える。……それにしても。

(マーゴットは、あんなに歩くのが遅《おそ》かっただろうか? 近頃《ちかごろ》はゆっくり歩くようになったけど、それは僕《ぼく》の歩幅《ほはば》が大きくなったからだと思っていた。……背中《せなか》もだいぶ丸くなってる。前は、背筋《せすじ》を伸《の》ばして歩いていたのに)

その瞬間《しゅんかん》マーゴットの変化の理由を理解した。

(「老い」だ。マーゴットは、歳《とし》をとってしまったんだ)

足元の土が急に崩《くず》れて、穴《あな》に落ちていくような感覚だった。人形の姿《すがた》をしていても、マーゴットは確実に歳《とし》をとって、衰《おとろ》えている。彼《かれ》のごま塩のひげがいつから真っ白になったのか、僕《ぼく》はそれさえも覚えていないのだ。なぜ、気が付いてやれなかったんだろう。

(――マーゴット、今日見た建築はね……)

(――マーゴット、今度現場を見せてもらえることになったんだ!)

……いつだって、僕《ぼく》は自分のことばかりだった。建築家になることで頭がいっぱいで、マーゴットのことをおろそかにしていた。僕《ぼく》の夢を応援《おうえん》してくれたのは、彼《かれ》だけだったのに。何が家族だ。フロルの言う通りじゃないか。

マーゴットの背《せ》がゆっくりゆっくり遠ざかり、やがて見えなくなるまで、僕《ぼく》は茂《しげ》みから動くことができなかった。

＊

マーゴットがしばらく戻《もど》ってこないようだと確認《かくにん》してから部屋に入ると、テーブルの上に何かが置かれていた。

小さな木工細工だ。薄《うす》っぺらい板を土台にして、大小さまざまな木の棒《ぼう》が何本も突《つ》き刺《さ》さっていた。天を指す木の棒《ぼう》の先端《せんたん》は、鉛筆《えんぴつ》のようにとがっている。

（これは、何だ？）

こうしてテーブルの上にのせてあるということは、間違《まちが》いなくマーゴットから僕《ぼく》へのメッセージだろう。たぶん、彼《かれ》の頼《たの》みと深く関わっている。

（お墓を表しているのか？　……いや、こんな墓はありえない）

おそらく何らかの建造物を模《も》しているのだろうということは想像がついた。かといって、教会でもなし、普通《ふつう》の家でもなし。先端《せんたん》がとがっていて、それが複数あるとすると、

（――まるで、城《しろ》のような）

その時、昔マーゴットと語り合ったおとぎ話が一瞬《いっしゅん》のうちによみがえった。数年前のあどけない自分の声もそのままに。

『僕《ぼく》は、本当は王子様なんだ。黄金の国の、黄金の城《しろ》に住んでいるんだ！』

『いつか、黄金の馬車が迎《むか》えに来て、僕《ぼく》たちは黄金の城《しろ》に帰るんだ』

『マーゴットがお城《しろ》でくつろげない時は、僕《ぼく》の部屋の中に、マーゴットのための小さなお城《しろ》を作ってあげる』

彼《かれ》はその時、何と言ったのだったっけ。

――ありがたや、ありがたや。約束ですぞ、王子様。

（そうだ。これは城《しろ》だ。あの時のお城《しろ》なんだ）

「そうだったのか、マーゴット……」

マーゴットはお墓を作ってくれなんて、一度も頼《たの》んでいない。

彼《かれ》が、「静かに横になりたい場所」とは、二人でおとぎ話のように話していた「お城《しろ》」のことだったんだ。僕《ぼく》が約束したんじゃないか。必ず、いつか一緒《いっしょ》に住むお城《しろ》を作ってあげると。それが、僕《ぼく》たちの家なんだと。彼《かれ》はどんな思いでこの「お城《しろ》」を作ったんだろう。ただでさえ衰《おとろ》えているのに、人形の小さな手では大変だったはずだ。勝手に拗《す》ねて、口すらきかない僕《ぼく》を一言だって責めなかった。いつだってそうだった。未熟《みじゅく》な僕《ぼく》はマーゴットに一人で我慢《がまん》をさせてしまうのに、それでも僕《ぼく》を見捨《みす》てないでいてくれる……。

僕《ぼく》はしゃがみこんで、両手で顔を覆《おお》った。

僕《ぼく》の中で固くこわばっていたものが、ゆっくりと溶《と》け出していくようだった。

――どうしたんだ？

気遣《きづか》わしげな声が聞こえて、ぱたぱたと僕《ぼく》に駆《か》け寄る気配がした。マーゴットだ。

ふさふさした眉毛《まゆげ》が、心配そうに八の字に下がっていた。

（マーゴット、こんな僕《ぼく》を、きみはまだ心配してくれるのか）

目の奥《おく》が急に熱くなって、次の瞬間涙《しゅんかんなみだ》があふれ出した。さっきも散々《さんざん》泣いたのに。マーゴットの手が、僕《ぼく》の肩《かた》にそっと置かれた。服の上からでも、形と大きさが分かる。

（こんなにか。こんなにマーゴットの手は小さかったのか）

――大丈夫《だいじょうぶ》か？　どこか、痛《いた》むのか？

僕《ぼく》は馬鹿《ばか》みたいに首を左右に振《ふ》った。

（違《ちが》う。違《ちが》うよ、マーゴット。僕《ぼく》の心配なんて、きみはしなくていいんだ）

「ご、ごめん、マーゴット、だ、大事な約束、忘《わす》れてて」

涙《なみだ》が止まらない。しゃくり上げるようにしか話せなかった。ああ、こんなとぎれとぎれの言葉じゃなくて、もっときちんと彼《かれ》に謝《あやま》らなくちゃならないのに。

それでも、マーゴットは分かってくれたようだった。

――いいんだよ。わしの、わがままだ。お前が作ってくれた「お城《しろ》（家）」で、休みたいと思ってしまったのさ。

「お城《しろ》、作るって、僕《ぼく》が言ったのに、勘違《かんちが》いして、マーゴットにっ、ひ、ひどいこと」

僕《ぼく》だけは分からなくてはいけなかったはずだ。マーゴットだって、心細くないはずはないのに。泣き続けていたら、涙《なみだ》どころか、鼻水も流れ続け、とうとうしゃくり上げ始めてしまった。マーゴットは、両手を精《せい》いっぱい広げて、僕《ぼく》を包みこむように触《ふ》れた。恐《おそ》る恐《おそ》る手を伸《の》ばして、壊《こわ》れ物みたいにそっと彼《かれ》を抱《だ》きしめる。

どうして、こんなに小さい体で、いつだって僕《ぼく》を守ってくれるんだろう。

どうして、抱《だ》きしめているのは僕《ぼく》なのに、抱《だ》きしめられているような気持ちになるんだろう。

……答えは分かっていた。

（マーゴットが、僕《ぼく》を好きだからだ。僕《ぼく》のことを、とってもとっても大切に思ってくれているからだ……）

たぶん、いや絶対、世界中で一番。自分自身のことを思うよりも、ずっとずっと深く。

だけど、マーゴットにも知ってほしい。僕《ぼく》だって、負けず劣《おと》らず、マーゴットのことが大好きなんだってことを。思わず力《ちから》を込《こ》めると、腕《うで》の中の彼《かれ》が少したじろぐ気配がした。

「僕《ぼく》、まだまだ頼《たよ》りないけど、……あの頃《ころ》よりは、ずっと大きくなっただろ？」

少し震《ふる》えがおさまってきた。抱《だ》きしめ合っているところから、じんわりと温かさが伝わってくる。陽だまりの中でまどろんでいるような心地よさだ。

——お前は、最初からしっかり者だったさ。これからもちゃあんと、やっていけるに決まっとる。

(本当は、怖《こわ》いよ。いつまでも、いなくなってほしくないよ、マーゴット)

だけど、それは彼《かれ》に心配をかけてしまうから。僕《ぼく》はそろそろ、自分の足で、歩き出さなくてはならないんだ。

「うん、……うん。ありがとう、マーゴット……」

震《ふる》えが止まるまで、僕《ぼく》たちは長いこと抱《だ》き合っていた。

*

翌朝《よくあさ》、僕《ぼく》は力強い足取りでアオノさんの仕事場に向かっていた。

一旦《いったん》分かってしまうと、もつれていた糸が一本につながっていくようだった。

僕《ぼく》がずっと悩《なや》んでいた、マーゴットの頼《たの》みとアオノさんの卒業試験。

二つは別のものだと勝手に決めつけていたけれど、同じものだと考えればすべてが解決できる。

僕《ぼく》はマーゴットのために「お城《しろ》」であり「家」をつくる。

アオノさんの出した課題は「春までに家を作ること」。

つまり僕《ぼく》は、春までにマーゴットのお城《しろ》を作ればいいのだ。

もしかして、アオノさんも、マーゴットのことを知っていたのじゃないだろうか。

今となっては「こんな簡単《かんたん》なことになぜ気が付かなかったんだろう」だけど、頭の固い僕《ぼく》には全然分からなかった。だから二人とも、ヒントを出してくれたんだろう。

無駄《むだ》にした時間の分、一刻《いっこく》も早くとりかからなくては。気が付くと、工房《こうぼう》に向かって走り始めていた。息せき切って、ノックもそこそこに工房《こうぼう》に駆《か》けこむ。

「アオノさん！」

「お、答えを見つけたか」

手を止めて、振《ふ》り向いたアオノさんは、微笑《ほほえ》んでいた。

「お分かりですか」

「分かるとも。そんなに生気のある目を見たのは久しぶりだよ」

アオノさんは茶目っ気たっぷりに、自分の目を指差した。

「僕《ぼく》に、石のお城《しろ》を建てる方法を教えてください」

初めて、弟子《でし》にしてくださいとお願いに行った日のように、僕《ぼく》は頭を九十度下げた。

あの時と同じく、いやそれ以上に何物にも揺《ゆ》らがないという決意がみなぎっていた。
夏の終わりの出来事だった。

〈秋〉

アオノさんにマーゴットの話を伝えたあと、いよいよ本格的に卒業試験が始まった。ヴァイオリン教室は試験が終わるまで休むことにしたので、朝から晩《ばん》まで自由に時間を使える。もちろん、アオノさんの手伝いをしながらだが、負担《ふたん》はこれまでよりもずっと少なかった。

僕《ぼく》が考えたマーゴットのお城《しろ》は「石のお城《しろ》」、つまり石レンガでできた小さな塔《とう》だった。これなら、今から設計を始めれば、春までにできるのではないだろうか。場所にも目星をつけていた。見晴らしも日当たりもいい、石づくりの塔《とう》を建てるには最適な空き地だ。

春になれば、一面にシロツメクサが咲《さ》き乱《みだ》れる野原……それがその場所に決めたもう一つの理由だった。

「全然だめだ、やり直し」

アオノさんの声が、しんとした工房《こうぼう》に響《ひび》いた。もうこれで何十回やり直しただろう。僕《ぼく》は溜《た》め息をそっと噛《か》み殺した。自由時間が増えた分、アオノさんの指導は容赦《ようしゃ》ないと言ってよかった。まずは塔《とう》の設計を大枠《おおわく》で決めて、実物の何百分の一かの模型《もけい》を作り、それから建材、建築技法など細かいことを決めていくのだが、僕《ぼく》が考えた塔《とう》の設計案にはなかなかアオノさんの許可が下りなかった。いつもなら、それとなく「どこがだめなのか」を教えてもらえるのだが、卒業試験というだけあって、ただ駄目《だめ》出しをされるだけだ。

「家を作る時に、一番大切なのは、何だと思う？」

「一番大切なこと……」

「そこに、答えがあると思うよ。時間をあげるから、答えが出るまで考えるといい」

顔を上げると、いつもの穏《おだ》やかなアオノさんの笑みがあった。彼《かれ》は、少し休憩《きゅうけい》しなさい、と言って僕《ぼく》の肩《かた》を叩《たた》いた。視界《しかい》の隅《すみ》で、フロルがテーブルに手をついて勢いよく立ち上がるのが見えた。

「美味《おい》しいお茶を淹《い》れるわ！」

「ああ、私《わたし》はちょっと外に出てくる。二人で飲みなさい。あ、フロル、今日のお茶菓子《ちゃがし》は何かな？」

「今日のは自信作。マルベリーのスフレよ」

「ほう、美味《おい》しそうだ。それじゃあ、あとの楽しみにとっておくよ」

アオノさんは、軽く手を振《ふ》って出ていった。

*

フロルはハチミツ入りの紅茶《こうちゃ》を淹《い》れてくれた。

「マーゴットはどうしてる？」

「いつも通りだよ。家事をしたり、散歩したり。……フロルの方が、よく知ってるんじゃないか。毎日マーゴットと会ってるんだからさ」

「そりゃマーゴットには毎日手伝ってもらってるけど、仕事の最中はそんなに話さないもの。それに、あんまり色々《いろいろ》聞くのもどうかと思って」

「そっか」

フロルなりに、心配してくれたのだろう。僕《ぼく》は、フロルに叩《たた》かれた時のことを思い出した。頰《ほお》は痛《いた》かったけれども、フロルの言葉で、僕《ぼく》は少し冷静になることができたのだ。

「あの――ありがとう」

「え？」

「この前、悩《なや》んでた時、色々《いろいろ》と言ってくれたから」

「……別にお礼を言われるようなことじゃないわ」

フロルはぷい、と軽くそっぽを向いた。

「おかげで、大事なことに気付けたよ」

黄金色のスフレをかじると、甘酸《あまず》っぱいマルベリーと良質なバターの味が口に広がる。

「――あたしは」

「うん？」

「あたしは、あんたに後悔《こうかい》してほしくなかったんだけど、それだけじゃなくて、マーゴットのお願いをかなえられるあんたがうらやましかったのかもしれない。母さんは、お願いなんて何もしなかった。あたしは、母さんのために何もできなかったから」

「――僕《ぼく》の両親は、流行病にかかってたった三日で死んだ。僕《ぼく》には、何が起こったかすら分かってなくて、何もできなかったよ。せいぜいが、汗《あせ》を拭《ふ》いたり、濡《ぬ》らした布を額に置いてやるくらいだったよ」

「そっか、あんたのご両親も亡《な》くなっているのよね……」

「うん。両親は最後の言葉も遺《のこ》さなかったけど、僕《ぼく》にヴァイオリンとマーゴットを遺《のこ》してくれた。だから、こうして生きてる」

「あたしも、――そうなの」

フロルは両手でティーカップをそっと包んでいた。

「母さんが大切にしていた菜園とか畑、料理のレシピとかね。母さんは、自分の代わりに育ててくれとか、作ってくれとか、一言も言わなかった。あたしが、母さんのあとを勝手に継《つ》いで、やってるだけなの。でも、それが自分の支えにもなってる」

「フロルのお母さんは、フロルが自分のことを忘《わす》れないで、遺《のこ》したものを受け継《つ》いでくれるだけでうれしいんじゃないかな。自分のために何かしてくれるとか、そういうことじゃなく」

「……そうかしら」

フロルの作る料理は、シンプルなものでも手間暇《てまひま》がかかっているし、小ぢんまりとした菜園も、隅々《すみずみ》まで手入れされている。こういうものを作った女性なら、フロルの幸せだけを願っているんじゃないだろうか。その想いは、彼女《かのじょ》の死後も、フロルを、アオノさんを守ってくれている。いつか、フロルも陽だまりのように温かい家庭を築くのだろうと思うと、なぜだかうらやましい気がした。

「今、フロルと話していて思ったんだけど。たぶん、マーゴットの『お願い』っていうのは、自分だけじゃなく、僕《ぼく》のためでもあるんじゃないかな」

フロルは目を丸くした。

「あんたのため？」

「うん。僕《ぼく》たちの間には、絆《きずな》はあるけど、形にあるものは何も残らない。思い出だけでも生きていけるかもしれないけど、マーゴットのために建てた『家』が残れば、僕《ぼく》はきっと辛《つら》い時にも頑《がん》張《ば》れる。それが分かっていて、マーゴットは僕《ぼく》に『お願い』をしたんじゃないかな。そう思った」

「そうかもね……あたしも、ありがと」

「えっ？」

フロルは小さな声で何か言ったようだが、僕《ぼく》が聞き返すと「お茶を淹《い》れ直すから」と席を立ってしまった。

「あ、フロル。このスフレ、もらってもいいかな？」

「いいけど、マーゴットと半分こね。じゃないと、あげない」

「はい、分かりました」

照れたようなフロルの口調がおかしくて、思わずこぼれた笑みをそっと片手《かたて》で隠《かく》した。

僕《ぼく》は塔《とう》を建てる予定の野原に向かっていた。フロルと話しているうちに、もう一度現場に行ってみようと思ったのだ。肩《かた》にかけたかばんの中には、小さな塔《とう》の模型《もけい》が入っている。野原の真ん中に、ぽつんと模型《もけい》を置いてみた。小さすぎて実感が湧《わ》かないが、こんな感じだろうか。風がびゅうびゅうと吹《ふ》いて草を揺《ゆ》らすばかりか、模型《もけい》が吹《ふ》き飛んでしまったので、慌《あわ》てて石を置いて重しにする。

（この場所、こんなに風が強かったっけ）

前髪《まえがみ》が目に入り、軽く眉《まゆ》をしかめた。顔に吹《ふ》きつけるのは、湿気《しっけ》をはらんだ北風だ。

（塔《とう》を建てるなら、この向きだから……）

ぐるぐると模型《もけい》の周りを回りながら、イメージする。建物が大きければ大きいほど、風が当たる力は強くなる。僕《ぼく》が考えていた塔《とう》の大きさだとかなりの力がかかる計算になるから、強度が問題だ。

（塔《とう》の裏側《うらがわ》には冷たい北風が当たるし、表側はぽかぽかと温かい陽が当たるようになっているから、同じ建材を使うと、片側《かたがわ》に対応できなくなる。いったいどうすれば……）

その時、ランプに照らされたように「マーゴットと半分こね」というフロルの言葉が浮《う》かび上がった。

（……そうか、「半分こ」だ）

僕《ぼく》は模型《もけい》をつかむと、設計図を描《か》き直すため、家へと走り始めた。いい設計図が書けそうな気がする。早く書き終わったら、マーゴットと焼きマシュマロだ。

久しぶりに、マーゴットと話をしよう。薪《まき》ストーブの前でマシュマロを炙《あぶ》りながら。

「塔《とう》の大きさと、建材を最初から見直しました。これが、新しい設計図です」

翌朝《よくあさ》僕《ぼく》がこう告げると、アオノさんは「ほう」とつぶやいて、しばらく新しい設計図を眺《なが》めていたが、やがてかすかに頷《うなず》いた。

「うん、前よりもずっとよくなっている。だけど、まだまだ考える余地があるね」

にこりと笑ってアオノさんは設計図をくるくると丸め、ぽんと僕《ぼく》に返してよこした。

（うーん、まだまだ、か）

すぐに合格だとは思っていなかったが、少しめげそうになる。だが、昨日から、とりあえず一歩前進はしたことだし、と思い直すことにした。

「どうして、建物の北側と南側で建材を変えて、前よりも少し小さくしたんだい？」

「――それは、より丈夫《じょうぶ》なものを建てるためです」

と答えた瞬間《しゅんかん》、三年前のことを思い出して僕《ぼく》ははっとした。

「君はどんな家を作りたいと思う？」

弟子《でし》入りして間もない頃《ころ》、ぽつりとアオノさんはたずねた。その時、僕《ぼく》の頭に浮《う》かんだのは、生まれ育った家だった。どんな造りだったのか、細かい所は全然覚えていない。けれども、そこにはいつも、両親が、マーゴットがいた。

「ええと、僕《ぼく》だったら、小さくても居心地のいい、温かい家を作りたいです」

「うん、そうだね。私《わたし》が何かを建てようとする時に、何よりも心がけるのは、丈夫《じょうぶ》で、長持ちすること。それから、住む人を守ってくれるような家を建てるには、どうしたらいいのかということだ。その想いは、たとえ私《わたし》がいなくなっても、あり続けてそこに住む人を守ってくれる」

「想いが、人を守る……」

あの時の僕《ぼく》には、アオノさんの言っていることがよく分からなかった。

でも今の僕《ぼく》には、はっきり分かる。これから建てようとしている、マーゴットのための家。設計の根本にあるのは、彼《かれ》への僕《ぼく》の想いだ。だが、その想いを確かなものにするのは、建築家の技術や知識、工夫なのだった。彼《かれ》が気持ちよく過ごせるような家を作るには、高さは、広さはどうすればいいか。細部に至《いた》るまで、どうすればもっとよくなるのか考え抜《ぬ》き、工夫に工夫を重ねることが大切なのだ。誰《だれ》かの、何かのために建てようとする心、想いは目に見えない。けれど、そこらじゅうに散りばめられた工夫は、住む人に伝わり、彼《かれ》らの暮《く》らしを少しでもよいものにしてくれるはず。

「……そうか、丈夫《じょうぶ》なだけじゃなくて、もっと長持ちするようにしなきゃ」

「建材を両側で変えるという発想はいいが、工夫しないと耐久性《たいきゅうせい》がなくなるからね」

(北側と南側の、つなぎ目の加工をもっと工夫しなくちゃ。それから……)

アオノさんは僕《ぼく》をじっと見つめた。

「家というのは、ただ寝《ね》たりご飯を食べたりするだけの場所じゃない。自分の根っこを下ろして、ずっと守りたいと思えるような場所。大切な人と一緒《いっしょ》にいるための場所。そういうもの、全部をひっくるめて家になるんだ」

「建物だけじゃなくて、人がいて初めて『家』になるんですよね」

「そうだよ。他にも色々《いろいろ》なことができる。たとえば君が建てようとしているマーゴットの『お城《しろ》』だけど。これから、君たちはどんなに離《はな》れていても、言葉を交わせなくても、『家』を通じてずっとつながっていくことができる。ひょっとしたら、何百年経っても。それはすごいことじゃないか？　マーゴットは、そういうものを君に伝えて、遺《のこ》したかったのかもしれない」

……マーゴットが僕《ぼく》に伝えたかったもの。遺《のこ》したかったもの。マーゴットの願いをかなえるために、僕《ぼく》ができることがあるなら、なんだってできる気がした。どれだけ徹夜《てつや》したって、手が動かなくなるくらい描《か》き直したって、最高の設計図を絶対に描《か》いてやる。

「もっと頑張《がんば》って、僕《ぼく》にしかできないマーゴットの家を設計し直してきます」

僕《ぼく》の描《か》いた設計図にアオノさんの及第点《きゅうだいてん》が出たのは、それから間もなくのこと。何日も徹夜《てつや》して仕上げた成果だった。

＊

「まいったなあ……」

設計図が完成してから一週間後、僕《ぼく》は野原で頭を抱《かか》えていた。

目の前には、てんでバラバラにくつろいでいる十人余りの石工たち。誰《だれ》一人、僕《ぼく》の指示なんて耳も貸してくれない。それどころか、設計図を見ようともしてくれないのだ。

まさかこんなことになるなんて、思いもしなかった。さあ初仕事だ、と出発する時には風船のように膨《ふく》らんでいた僕《ぼく》のやる気は、今や針《はり》でつついたようにしぼんでしまった。

設計図ができたあとにもたくさんすることがあった。建材の調達や石工の手配、工事日程の決定。本格的な作業は、それからだ。家を建てるのにかかる資金は、生活費と同様にアオノさんが一時的に支払《しはら》ってくれることになった。実際に石を積み上げて建物を作ってくれる石工は、ポルカさんの部下の中から、十人余りが協力してくれるそうだ。もちろん、工事がおこなわれる間は必ず僕《ぼく》も現場に同行することになる。ポルカさんのような親方は、建築技法や加工技術について石工に具体的な指示を出す。一方で総括的《そうかつてき》に指揮《しき》をとり、現場の監督《かんとく》をするのは建築家の仕事なのだ。つまりは、現場において、建築家と親方の連携《れんけい》は絶対に必要なのである。

（親方って、てっきりポルカさんのことだと思ったのに）

僕《ぼく》は、「親方」の男を恨《うら》めし気に見上げた。気が付いているのかいないのか、僕《ぼく》の視線《しせん》に「親方」はどこ吹《ふ》く風で口笛を吹《ふ》いている。ルルフという名のこの男が、僕《ぼく》の悩《なや》みのタネの元凶《げんきょう》だった。「親方」にしてはとても若《わか》く、年は僕《ぼく》よりもせいぜい四、五才上といったところ。彼《かれ》はこの仕事に限っての「親方」だから、正確には「親方」ではなく「現場主任」と呼《よ》ぶのが正しいのだろうけれど、石工たちはみな「ルルフ親方」と呼《よ》んでいた。

＊

なぜかは分からないが、このルルフという男に、僕《ぼく》は初対面から嫌《きら》われている。

僕《ぼく》はかなり余裕《よゆう》を持って現場に行ったのだが、約束の時間になっても野原には誰《だれ》も現れなかった。石工の一団は約束の時間から大幅《おおはば》に遅《おく》れて到着《とうちゃく》し、それについても一切の謝罪はなかった。

もちろん、僕《ぼく》の仕事だけではなく、石工たちは色々《いろいろ》な仕事を兼任《けんにん》していたりするので、前の仕事が長引くこともある。今日もそうなのかと思ったが、それにしては石工たちの足取りはやけに緩《ゆる》やかだった。それに、使う予定の建材がどこにも見当たらず、ポルカさんの姿《すがた》も見えない。僕《ぼく》はきょろきょろとあたりを見回した。

「お前が建築家の卵《たまご》？」

目の前の草に影《かげ》が差したので、日が陰《かげ》ったのかと思ったら、すぐ後ろに背《せ》の高い男が立っていた。

「は、はい。あなたは……？」

「俺《おれ》はルルフ。この仕事の『親方』だ」

「ポルカさんではなくて、あなたが?」

ポルカさんが親方だと思いこんでいた僕《ぼく》は、面くらった。

「ポルカさんは別の大仕事だ。こういう小さい現場では、他の人間が親方を任されるんだよ。そんなことも知らないのか」

「僕《ぼく》、建築家のアオノの弟子《でし》です。よろしくお願いします」

慌《あわ》てて頭を下げたが、いつまでたっても返事はない。恐《おそ》る恐《おそ》る顔を上げると、青い目が僕《ぼく》を冷たく見下ろしていた。


それからの流れは悲惨《ひさん》の一言だった。

「もうご覧《らん》になってると思いますが、設計図を」

とルルフに差し出すと、手を伸《の》ばしもせずに鼻で笑われた。

「紙だけで工事ができるのか? 教えてくれよ、どうやって家を建てりゃいいいんだよ。ここには何もないぜ」

「え、これから建材を運ぶんじゃないんですか」

どういうことだろう。今から建材を石工たちが運んでくれるか、あるいは近くにもう置かれているのかと思っていたのに。するとルルフは顔を歪《ゆが》めて笑い、石工たちに振《ふ》り向いて大声で呼《よ》びかけた。

「おーい、お前たち。ここにいらっしゃる未来の大建築家さまが、俺《おれ》たちに資材を運んでこいだと。そしたら、家を建てる指示を出してやるってさ」

「待ってください、僕《ぼく》はそんなこと」

訂正《ていせい》する隙《すき》もなく、近くにいた石工が口を開いた。

「そりゃ、ないぜ。こっちはさっきの仕事でもうへとへとだぁ」

「よく言うぜ、今日は仕事なんてひとっつも入ってなかっただろうが」

おどけたように大袈裟《おおげさ》に眉《まゆ》をしかめる男を、別の石工が軽く小突《こづ》き、野原には石工たちの笑い声が響《ひび》き渡《わた》った。

「仕事をしたくても、材料がなくっちゃあ仕方ない。今日はこれから各自、自由時間だ！」

ルルフの言葉を合図にして、昼寝《ひるね》を始めたり、仲間同士のおしゃべりに興じたりと、みなてんでバラバラにくつろぎ始めた。僕《ぼく》は一人残され、しゃがみこんでしまった。

（どうして、こんなことに）

それが、工事の始まりの一日だった。

*

工事開始日から、早くも三日が経過した。もはや野原は、石工たちがだらける場であり、槌《つち》や鑿《のみ》の音の代わりに、笑い声やいびきが響《ひび》くばかり。次の日になったら誰《だれ》かがやる気を出してくれるのではないか、何とかなるのではというかすかな希望はどんどん小さくなり、今や風前の灯《ともしび》だった。あれから、僕《ぼく》なりに歩み寄ろうとして、何人かの石工に声をかけてみた。だが、みなルルフの顔色をうかがうようにして、足早に去ってしまう。

（でも、今なら大丈夫《だいじょうぶ》じゃないか？）

ルルフをちらりと見ると、帽子《ぼうし》を顎《あご》のあたりまで引き下ろして寝転《ねころ》んでいる。これなら、僕《ぼく》が何をしても気がつかないのではないだろうか。僕《ぼく》は足音を立てないようにして、そろそろと顔見知りの石工に近づいた。確か彼《かれ》は、以前道ですれ違《ちが》った時に、「ポルカさんにヴァイオリンをやめさせてもらえないか」と頼《たの》みこんできた若《わか》い石工の一人だ。

「あの、建材が置かれている場所はどこでしょうか」

「え、ええと……」

話しかけると、彼《かれ》はあからさまに驚《おどろ》いたようだったが、ルルフが寝《ね》ているのを見ると声をひそめて教えてくれた。

「……東南にあるレンガ工房《こうぼう》の倉庫だよ」

「建材はそこにあるんですね」

建材の場所が分かれば、ポルカさんに事情を話して建材を運び出してもらえる。（建材がそろったら、石工たちも作業を始めてくれるかも）と頬《ほお》を緩《ゆる》めていると、目の前の石工の顔がだんだん青ざめていく。振《ふ》り向かなくても何が起きたのか分かった。

「だから、お前はだめなんだよ」

ルルフが僕《ぼく》の後ろに立っていた。どうしてこうも嗅《か》ぎつけるんだろうと唇《くちびる》を噛《か》む。

「俺《おれ》が寝《ね》ている隙《すき》にこそこそこいつらに取り入ろうったって、そうはいかないぜ」

「取り入ろうなんてしていません」

僕《ぼく》はルルフを睨《にら》みつけた。はっきりとルルフに逆らったのは、これが初めてだった。頭一つ分以上、ゆうに背《せ》が高い相手に口答えするのは度胸《どきょう》が要ったが、いい加減腹《はら》も立っていた。

「僕《ぼく》は、ここにいる何人かの石工の人たちと知り合いです。あなたが、僕《ぼく》と彼《かれ》らの邪魔《じゃま》をしているんじゃないですか」

「へえ、一丁前に口答えか。勘違《かんちが》いしているようだから教えてやるが、今までお前が現場で受け入れられたように感じていたとしたらな、それはお前がアオノ大先生の弟子《でし》だからだ。アオノさんが隣《となり》にいなけりゃ、お前なんて誰《だれ》も相手にしないよ」

ルルフは、僕《ぼく》の顔の前に屈《かが》みこんで意地悪く笑った。

「そもそもこの仕事は、ろくに報酬《ほうしゅう》も手に入らないし、俺《おれ》たちにとっちゃほとんど慈善《じぜん》事業みたいなもんなんだ。それにしても俺《おれ》たちも甘《あま》く見られたもんだ。建築の勉強をどのくらいしたのか知らんが、開口部の計算もろくにできないような奴《やつ》が監督《かんとく》だなんて、笑わせるよな」

言い捨《す》てて、ルルフは踵《きびす》を返す。建材の場所を教えてくれた若《わか》い石工は、僕《ぼく》をちらりと見てからルルフのあとを小走りに追いかけた。

取り残された僕《ぼく》は、棒立《ぼうだ》ちになったままその場を動くことができなかった。

物言いこそひどかったが、ルルフの言葉はある意味核心《かくしん》をついていたからだ。

(僕《ぼく》が、アオノさんの弟子《でし》だから……)

今まで現場に行く時は、僕《ぼく》は必ずアオノさんと一緒《いっしょ》だった。もし、僕《ぼく》が一人で現場を見に行ったところで、追い返されるか、無視《むし》されるかで誰《だれ》一人まともに応対してくれなかったに違《ちが》いない。そう、ちょうど今の僕《ぼく》のように。

（ちょっと話したことがあるだけで、名前も思い出せないのに、僕《ぼく》は彼《かれ》らと知り合いになった「つもり」になっていたんだ。卒業試験は、まだまだ早かったのかも……）

昼寝《ひるね》をする石工たちを見つめて、僕《ぼく》は見通しが甘《あま》かったことを認《みと》めた。設計図さえ完成させれば、あとはトントン拍子《びょうし》に家ができ上がると思っていたんだ。この三年間はいったい何だったのだろう。体中の力が抜《ぬ》けていくような無力感が広がっていった。

＊

肩《かた》を落としてとぼとぼと野原をあとにしたはずが、僕《ぼく》の足取りは次第に一歩ずつ地面に足を叩《たた》きつけるようなものになっていった。さっきは頭の中が真っ白になっていたが、言われたことを反芻《はんすう》するたびに、はらわたが煮《に》えくり返るような怒《いか》りが強くなっていく。

（なんて、嫌《いや》な奴《やつ》。あんなに性悪な奴《やつ》、初めてだ）

もちろん、ルルフのことである。そりゃあ今までに嫌《いや》な人間に会ったことなんてごまんとあるけれど、これほどまでに僕《ぼく》に敵意を向けてきた人間は初めてだ。理由は未だに分からないが、ルルフは最初から僕《ぼく》を嫌《きら》っているということははっきりしている。はなっから、まともに工事するつもりなんてなかったんだ。

(もういっそ、ポルカさんに何もかも話して、ルルフたちを叱《しか》ってもらおうか)

いくらルルフだって、上司の言うことに逆らうわけにはいかないだろう。何せ、建材すら現場に運んでいないのだから、ルルフがいくら言い訳《わけ》してもポルカさんには通じまい。……だが、それこそルルフの言う通りにならないだろうか。結局アオノさんやポルカさんに頼《たよ》らなければ何もできないじゃないか、と奴《やつ》が鼻を鳴らすさまがありありと目に浮《う》かんだ。それはそれで、我慢《がまん》できないほど腹《はら》が立つ。

「卒業試験は進んでる？　ポルカさんはやっぱり厳《きび》しい？」

突然《とつぜん》後ろから肩《かた》を叩《たた》かれて、飛び上がりそうなほど驚《おどろ》いた。絵画教室帰りのフロルだ。

「親方はポルカさんじゃなくて……ルルフっていう人だよ」

「それって、髪《かみ》の毛が灰色《はいいろ》で、背《せ》の高い人のこと？　時々《ときどき》絵画教室に通ってるわよ」

「えっ」

ルルフと絵画教室。似合わないにもほどがある。子供《こども》たちと並《なら》んで座《すわ》り、絵筆《えふで》を動かしているルルフを想像して僕《ぼく》は首を振《ふ》った。それは、本当にあのルルフか？

「あんまりやる気はなさそうだけど。ポルカさんを尊敬《そんけい》してるから、無理して一緒《いっしょ》に習ってるみたい」

フロルの話によると、ルルフはポルカさんの部下の中でも特に優秀《ゆうしゅう》らしい。東部で修業していたが、最近戻《もど》ってきて本格的にポルカさんの右腕《みぎうで》として働き始めたとか。絵画教室では、けっこう子供《こども》たちとも遊んでやっているらしい。

（ルルフって、いったいどんな奴《やつ》なんだろう）

ますます混乱《こんらん》してしまった。


部屋に戻《もど》ると、マーゴットはいなかった。今はマーゴットの顔を正面から見られない気分だから、安堵《あんど》しながら荷物を机に置く。体がだいぶ冷えていたので、薪《まき》ストーブをつけようとして周りを見渡《みわた》し、棚《たな》の上にあるものに目を止めた。

マーゴットが作った木工細工の「お城《しろ》」。あの夏の日から、壊《こわ》さないようにと棚《たな》の上に置いている。最初から上手な細工だとは言い難《がた》かったが、今や天井を指していた木が大きく傾《かたむ》いてしまっていた。それをじっと見つめているうちに、冷えた身体にぽつぽつと熱が点《とも》り始めるのが分かった。腹《はら》の底から湧《わ》き上がったのは沸騰《ふっとう》するような怒《いか》りだった。

（……いったい、僕《ぼく》は今まで何をしていたんだ）

マーゴットと僕《ぼく》に残された、ただでさえ少ない時間の、さらに限られた工事期間。それを僕《ぼく》はむざむざと、三日も無駄《むだ》にしてしまったのだ。ルルフの僕《ぼく》を小馬鹿《こばか》にした顔つき、投げつけられたひどい言葉、僕《ぼく》の顔を見ようともしないで去っていく石工たちの姿《すがた》が思い浮《う》かんだが、僕《ぼく》は握《にぎ》り拳《こぶし》を作った。

（ルルフが何だ。石工が何だ。無視《むし》されたから、馬鹿《ばか》にされたからどうだっていうんだ。そんなこと、どうだっていい）

マーゴットとの約束以上に大切なことなんて、今の僕《ぼく》にありはしないのに。

僕《ぼく》は、マーゴットのために家を建てたい。彼《かれ》の願いをかなえることは、僕《ぼく》にしかできない。

（それなのに、僕《ぼく》はいったい何をしていた？）

ルルフの顔色をうかがって、ちょっと上手《うま》くいかないからといって、馬鹿《ばか》みたいにただ野原に突《つ》っ立って。勝手に周りが態度を変えてくれることを期待して。

（……考えてみれば、三年前までは、ずっと酷《ひど》い目にあってきたんだよな）

弟子《でし》入り前の、町から町へと流れ旅した日々《ひび》。決していいことばかりではなかった。お金を取られまいと抵抗《ていこう》したら殴《なぐ》られたり、身なりが汚《きたな》くて教会にすら泊《と》まらせてもらえず、路上で凍《こご》えながら夜を明かしたり。この町に住み始めてからは思い出すことも少なくなっていたが、こんなことはいくらでもあった。今の状況《じょうきょう》が生ぬるく思えるほどのことだって、山ほど。

(それでも、何とかやってこられた。ヴァイオリンも盗《と》られなかったし)

それはマーゴットのおかげだ。十の冬から今までずっと、マーゴットが僕《ぼく》を守ってくれたから、最悪の事態はいつだって避《さ》けられた。でも、もうマーゴットに頼《たよ》るわけにはいかない。きっとこれからも、こんなことはたくさん起こるだろうが、その時にはマーゴットはもう僕《ぼく》の隣《となり》にいないはずだ。彼《かれ》に相談して、助けてもらうのは、そろそろおしまい。僕《ぼく》は自分の仕事をしっかりしよう。

ふいに、マーゴットの穏《おだ》やかな声が聞こえた気がした。

――わしが静かに眠《ねむ》れる場所を、作ってくれないか。

(いじめたきゃ、いくらでもいじめりゃいい。でも、僕《ぼく》は絶対に負けないからな)

陽が傾《かたむ》くまでに、まだだいぶ時間がある。あふれ出る闘志《とうし》にも似た衝動《しょうどう》を抑《おさ》えきれず、矢も盾《たて》もたまらなくなった僕《ぼく》は戻《もど》ってきたばかりの部屋を弾丸《だんがん》のように飛び出した。

*

翌日《よくじつ》の午後も石工たちは野原に集まった。ただ昨日と違《ちが》って、彼《かれ》らがどこか唖然《あぜん》としたように僕《ぼく》を見ているのが分かったが、今はそれに構《かま》うどころではなかった。

僕《ぼく》は手押《てお》し車を引くのに精いっぱいだったからだ。

手押《てお》し車には建材の石レンガが積み上げられていた。もう秋も深まって、外にいるだけで肌寒《はだざむ》さすら感じる時分になっているというのに、顔からは汗《あせ》がぽたぽたと垂《た》れて、地面に染《し》みを作っていく。汗《あせ》で滑《すべ》らないように、手袋《てぶくろ》もちゃんとはめてある。へたくそだけど古着を再利用して昨《さく》晩《ばん》の内に縫《ぬ》っておいたのだ。

昨日、僕《ぼく》は石工に教えてもらったレンガ工房《こうぼう》の倉庫に向かい、許可をもらって建材を運び出すことにした。石工たちが運び出してくれるのを待っていたら、秋が終わってしまう。ぐだぐだと悩《なや》んでいる暇《ひま》があったら、自力で一つでも建材を野原に運べばいい。幸い、倉庫にあった手押《てお》し車を貸してもらえることになったので、昨晩《さくばん》から何度か野原と倉庫を往復していた。そのおかげで、野原には今や小さな石レンガの山ができていた。

（……これで、やっと五往復か）

一往復目、僕《ぼく》は欲張《よくば》って手押《てお》し車にいくつも重たい石レンガを積みこんだのだが、いざ動かそうとするとびくともしない。それもそのはず、石レンガは僕《ぼく》の両手におさまりきらない。目方は一つ十ポンド（約四キロ）ほどもあるだろうか。動かせるだけの量を積んで、月明かりを頼《たよ》りに野原に着いた頃《ころ》には、全身に玉のような汗《あせ》をかいていた。それでも繰《く》り返すうちに少しこつが分かってきた。運んできた石レンガをすでにできている小山の上にさらに積み上げ終えてほっとした僕《ぼく》は、石工たちの方を振《ふ》り返った。

「お前、何を一人で馬鹿《ばか》なことをしているんだ」

ルルフは呆《あき》れ顔だった。

「こんにちは、ルルフ。今日もよろしくお願いします」

僕《ぼく》は彼《かれ》ににっこりと笑いかけた。僕《ぼく》の反応が予想外だったのか、ルルフが目を見開いた。だが、それには構《かま》わずに、僕《ぼく》はずらりと並《なら》んだ石工たちに視線《しせん》をうつした。

「それからみなさんにもこんにちは。……ええと、イーザン、ロシュ、サーシャ、エミル、ドルマ、カドフェル、ジョイス、マルケ、バザン、クラウス、シド、オリバー。よければ手を貸してくれませんか」

僕《ぼく》は、名前を呼《よ》びかけながら一人一人の石工に視線《しせん》を合わせた。そのたびにみな目を丸くしたから、たぶん名前は間違《まちが》っていないはずだ。

僕《ぼく》が、昨日のうちにしておいたことがもう一つある。ポルカさんの家に行って、この工事に関わる十三人の石工の名前と特徴《とくちょう》を教えてもらったのだ。汗《あせ》びっしょりになって石レンガを運んで、初めて分かったことがある。現場に建材を運ぶだけでも、大変な労力だ。今までアオノさんについて現場に行って分かったつもりになっていたが、見るのと、実際にやってみるのでは大違《おおちが》いだった。彼《かれ》らは軽々《かるがる》と建材を運んでいるように見えたが、素人《しろうと》の僕《ぼく》はちょっと運んだだけでこのありさまだ。ここに集まった石工は若《わか》い人ばかりだけど、みんな僕《ぼく》よりもずっと上背《うわぜい》もあるし筋肉《きんにく》もついている。彼《かれ》らはきっと何年間も修業を積んできたに違《ちが》いない。今まで僕《ぼく》は、彼《かれ》らが建材を運んでくれることをどこか当たり前のように思っていたのだが、そうじゃない。仕事にはお互《たが》いの信頼《しんらい》関係が必要だ。自分にできないことをしてくれる人に、何の感謝もなしに接していいはずはなかった。それなのに僕《ぼく》は、ルルフ以外は眼中になく、石工たちの名前すら覚えていなかった。彼《かれ》らは単なる作業員ではなく、この家作りに不可欠なパートナーなのだ。

僕《ぼく》の言葉に、何人かうろたえたように目を泳がせ、ルルフの顔色をうかがったが、憮然《ぶぜん》と前を向いたままのルルフを目にすると、きまりが悪そうに下を向いた。

（ま、最初はこんなものだろう）

僕《ぼく》は気を取り直して手押《ており》し車の取っ手をつかみ、今来た道を引き返した。いきなりみんなが協力してくれるはずはないことは分かっている。それを気にするよりも、今の僕《ぼく》がすべきことは、根気強くこの作業を続けること。さあ、一つでも多くの石レンガを運ばなくては。ぽかんと口を開けたルルフの顔を思い出し、僕《ぼく》はくすりと笑った。ただ気に入らない奴《やつ》とだけ思っていたけど、さっきは子供《こども》みたいだった。びくびくと相手の顔色をうかがうだけじゃ、分からないことがたくさんある。

涼《すず》しい秋風が、汗《あせ》で前髪《まえがみ》が貼《は》りついた額に気持ちいい。振《ふ》り仰《あお》ぐと、頭上には清冽《せいれつ》な青空が広がっていた。

＊

石レンガを運び始めて三日目、つまり工事が始まってから六日目。

僕《ぼく》は首を傾《かし》げていた。僕《ぼく》が運び出した石レンガの山が、ほんの少しだが大きくなっている気がするのだ。数にして十個かそこら多いだけなのだが、地面に線を引いて一度に運んだ個数と往復した回数を数えているから、間違《まちが》いはないはずだった。でも、僕《ぼく》も疲《つか》れているから一往復分くらいの石レンガを数えそびれたのかもしれない。その時はそう思って、ふたたび手押《てお》し車を押《お》し始めた。いくら往復したところで、きりがない。何せ、家づくりに必要な石レンガは数百という単位だ。少しでも早く建設に取り掛《か》かりたい僕《ぼく》としては、一秒だって惜《お》しかった。

だが、翌日《よくじつ》も、翌々日《よくよくじつ》も僕《ぼく》はレンガの山を前にして首を傾《かし》げることになった。数え間違《まちが》いという程度の話ではない。明らかに、僕《ぼく》が運んだものよりもレンガの山が大きくなっている。誰《だれ》かが運んでいるということは明白だった。謎《なぞ》を解明するべく、僕《ぼく》は一旦《いったん》家に帰り、夕暮《ゆうぐ》れに件のレンガ倉庫へ向かった。物陰《ものかげ》へ身をひそめていると、

（……あれは、オリバーと、ロシュと、エミルだ）

どことなくこそこそしながら、彼《かれ》らは荷車に石レンガを少しばかり積み、運び始めた。オリバーたちがいなくなったら、別の一団がどこからか現れる。

（サーシャと、イーザンと、シドだな）

何人かで来た割《わり》には、ごく少量の石レンガを手押《てお》し車に積んで去っていく。行き先は、後をつけてみるまでもないだろう。さらに待っていると、残りの六人も二回に分けて現れて石レンガを持ち出した。

それにしても、全員が少しずつ運んでくれていたとは。これで不自然に増える石レンガの謎《なぞ》が解けた。一度に運ぶ石レンガの数は少なくとも、みんなで運んでいるからまとまった量になったというわけだ。あの石工たちの様子では、正面から話しかけても応えてくれるのはまだ先が遠そうだが、少なくとも、僕《ぼく》の努力は全く伝わっていないという訳《わけ》ではないらしい。僕《ぼく》はにこりと笑った。

＊

「こんなにゆっくりできるのは久しぶりだね」

僕《ぼく》はマーゴットと向かい合って夕食をとっていた。さっきフロルが野菜とソーセージがごろごろ入った「余りもの」のポトフをくれたのだ。

みんなが陰《かげ》ながら手伝ってくれたおかげで、三日後には本格的に工事を始めることができそうだった。だが、問題は建材だけではなく、石工たちの態度だった。少しずつ、石を運び出して協力してくれつつあるが、全員が本当の意味で協力してくれなければ、春までに建てることはできないだろう。攻略《こうりゃく》すべき何よりの問題は、ルルフだ。

いったいどうすれば、彼《かれ》の態度を変えることができるのだろう。

視線《しせん》を感じてふと顔を上げると、マーゴットがじっと僕《ぼく》を見つめていた。

——そういえば、子守唄《こもりうた》を教えていなかったな。

「子守唄《こもりうた》？」

——お前の母さんの子守唄《こもりうた》だ。

（突然《とつぜん》、何を言い出すのかと思ったら、母さんの子守唄《こもりうた》だって？）

僕《ぼく》は内心首を傾《かし》げた。母さんがそれを歌ってくれていたとしても、せいぜい僕《ぼく》が幼児《ようじ》の頃《ころ》だろう。何も覚えていなかった。

——わしは、ずっとお前たちと一緒《いっしょ》にいたから、聴《き》いて覚えているんだ。

マーゴットは低い声で歌い出した。どこか懐《なつ》かしい、優《やさ》しい旋律《せんりつ》。

「もしかしてマーゴット、時々僕《ときどきぼく》に歌ってくれていた？　……朝、僕《ぼく》が起きる前とかに」

——ああ。わしは歌が上手《うま》くないからな。時々《ときどき》、こっそりとな。

マーゴットは心なしか照れているようだった。そうだったのか。夢の中で誰《だれ》かが歌ってくれていると思っていたけれど、それはマーゴットだったのだ。マーゴットが何かを待っているようにそわそわとこちらを見ているので、期待に応えることにして、久しぶりにヴァイオリンを取り出した。ここのところろくに手入れもしていなかったから、まずはチューニングからだ。指で弦《げん》をたどるなじんだ感触《かんしょく》に、僕《ぼく》は思わず顔をほころばせた。

子守唄《こもりうた》というだけあって、単純《たんじゅん》な旋律《せんりつ》の繰《く》り返し、それにすでに耳になじんでいたので弾《ひ》くのは簡単《かんたん》だった。この歌を、母さんが僕《ぼく》に何度も歌ってくれていたんだ。マーゴットは目を閉《と》じて心地よさそうに耳を傾《かたむ》けていた。

（やっぱり、ヴァイオリンはいいな……）

父さんが教えてくれたヴァイオリンで、母さんの子守唄《こもりうた》を弾《ひ》いていると、伸《の》びやかな響《ひび》きがヴァイオリン越《ご》しに僕《ぼく》の体に伝わり、無意識のうちに肩《かた》や背中《せなか》に入っていた余計な力が溶《と》けるようにほどけていくのが分かる。もしかしてこのために、マーゴットは子守唄《こもりうた》を教えてくれたのだろうか。

『前を向いて、しっかりと胸《むね》を張るんだ。たとえ間違《まちが》っても、顔に出すんじゃない。いつだって、自信たっぷりに弾《ひ》くんだ』

弾《ひ》いているうちに、父さんの声が聞こえたような気がして背筋《せすじ》が伸《の》びる。そういえば、つっかえたり、途中《とちゅう》で楽譜《がくふ》を思い出せなくなったりしてべそをかいた時、父さんにはよくこう言って叱《しか》られていた。おっかなびっくり弾《ひ》くヴァイオリン弾《ひ》きに、いったい誰《だれ》が拍手《はくしゅ》を送ってくれるのか、楽しんでもらえるのか、と。

（……そういえば、これって建築も同じだ）

おどおどして不安そうな監督《かんとく》の指示に、いったい誰《だれ》が従《したが》い、指示を聞いてくれるだろう。アオノさんみたいに、いつだって堂々《どうどう》としていなければ、誰《だれ》もついてきてくれないのだ。アオノさんのようにできるはずはないけれど、まずは形から真似《まね》してみよう。

眠《ねむ》ってしまったマーゴットに毛布を掛《か》けてやった時、僕《ぼく》はふと思い出した。

（そういえば、厄介《やっかい》なものを忘《わす》れていた……）

数日前に、ポルカさんに石工たちの名前をたずねに行った時のこと。ポルカさんからルルフのスケッチブックを渡《わた》されたのだ。

「あいつの忘《わす》れ物でな。代わりに渡《わた》してやってくれるか」

なぜか意味ありげに笑ったポルカさんを思い出しながら、僕《ぼく》はスケッチブックをめくり始めた。人のものを勝手に見るのはいけないけれど、どうにもあのルルフが描《か》いたとなると、好奇心《こうきしん》を抑《おさ》えることができなかったのだ。だが、現れた彼《かれ》の絵に僕《ぼく》は固まった。

（これは…もしかして人間？）

想像以上に凄《すさ》まじい絵だった。なぜか、鼻らしきものが首のあたりまで伸《の》びている。もっとも絵が描《か》かれていたのは数枚《すうまい》で、あとは見事に白紙。フロルが言っていた通り、やる気はないらしい。スケッチブックを閉《と》じると、挟《はさ》まっていた紙がはらりと宙《ちゅう》を舞《ま》った。

（えっ……これは）

見間違《みまちが》えるはずもない。僕《ぼく》が書いたマーゴットの家の設計図だった。

（どうして、これをルルフが？）

確か、初日に設計図を渡《わた》そうとしたら、彼《かれ》はにべもなく拒絶《きょぜつ》した。だから彼《かれ》が設計図を持っているはずがないのだ。よく見ると、原本ではなく模写《もしゃ》したもののようだと分かった。それにしても、計算値《けいさんち》や建材の強度、作業工程までやたらと細かくメモしてある。

これが、僕《ぼく》をあんなに馬鹿《ばか》にしていたルルフが描《か》いたものなのだろうか。

（もしそうだとしたら、僕《ぼく》は彼《かれ》のことがろくに見えていなかったってことだ）

そういえば以前、設計に関して彼《かれ》が妙《みょう》なことを言っていたような気がする。あの時は気にも留めなかったけれど。僕《ぼく》はその時、入り口となる扉《とびら》の上の部分――――つまり開口部が丸で囲われていることに気が付いた。……「開口部の計算もできない奴《やつ》が」とルルフは言っていなかっただろうか。

（おかしい。強度については、何も問題はないはずだ）

開口部の真上には、「まぐさ」といわれる横架材《おうかざい》を水平に取りつけることになる。本当は開口部をもっと大きくとりたかったのだが、石レンガを積んで作るような組積造では、構造上それは難《むずか》しいため、やや小さめの設計にするしかなかったのだ。（もし、ルルフが開口部を大きくする方法を知っていたとしたら……ヒントは、最近まで修行していた東部の資料にあるのかもしれない）僕《ぼく》は急いで外に出て、工房《こうぼう》のあたりに目を凝《こ》らした。

(明かりが点《つ》いている!)

それはつまり、アオノさんがまだ仕事をしているということだ。アオノさんが持っている古今東西のあらゆる図面や設計図を見せてもらおうと、僕《ぼく》は夜道を駆《か》けていった。

今日は徹夜《てつや》になりそうだ、と思いながら。

*

工事が始まってから十日あまりが経った、ある日の午後のことである。

野原にはレンガ倉庫から運びこまれたすべての建材が山積みされ、僕《ぼく》とルルフが向き合っていた。石工たちは一見相変わらずくつろいでいるようだったが、その実僕《ぼく》たちに注目しているのが分かった。僕《ぼく》は、ルルフに例のスケッチブックを差し出した。

「これ、お預《あず》かりしていました」

ルルフは怪訝《けげん》そうにスケッチブックを受け取ったが、別の紙の端《はし》が画用紙のすき間から顔を出しているのに気付くと、血相を変えて紙をひったくった。懐《ふところ》にしまおうと紙をたたみかけて、「何か」に気が付いたのか、今度は薄《うす》い紙に鼻をくっつけんばかりにして凝視《ぎょうし》している。しばらくすると紙の上でせわしなく視線《しせん》を上下させながら、ぶつぶつと何事かつぶやき始めた。実は、ルルフが模写《もしゃ》していた設計図を、さらに僕《ぼく》が描《か》き直して、スケッチブックの中に忍《しの》ばせていたのだ。

「これ、要りますか?」

僕《ぼく》が差し出した木炭をひったくると、ルルフは地面にどっかと腰《こし》を下ろし、スケッチブックを開いて凄《すさ》まじい勢いで計算を始めた。彼《かれ》の手はやがて、僕《ぼく》が予想した通りの所でぴたりと止まった。

「ここは?」

ルルフが指差しているのは、アーチだった。僕《ぼく》は、開口部分を水平なまぐさ石からアーチ構造に変えた。その結果、開口部分を大きくとることができるようになったのだ。ただし、単にアーチ構造にしたというわけではない。アーチの中でも扇型《おうぎがた》アーチと言われる形のものを使うことによって、より強度が補強《ほきょう》された。この扇型《おうぎがた》アーチは、東部で最近使われ始めたものだ。当然、ルルフも知っているに違《ちが》いない。あの夜、アオノさんに頼《たの》みこんで、東部の建築資料を洗《あら》いざらい見せてもらった。隅《すみ》から隅《すみ》まで丁寧《ていねい》に見直して、夜明け近くにやっと見落としがあったのに気が付いた。今まで考えていた開口部でも、間違《まちが》いではない。けれども、この扇型《おうぎがた》アーチを取り入れることができたら、でき上がる家はさらによいものになるはずだ。

「たぶん、あなたはこうしたいんだろうなと思って」

「お前、この計算を一晩《ひとばん》で？」

「正しくは、二晩《ふたばん》かな。徹夜《てつや》したから」

そう答えると、ルルフは下を向いた。口元を手で押《お》さえてしばらくうつむいていたと思ったら、突然《とつぜん》――笑い出した。頭をのけぞらせて、腹《はら》の底から楽しそうに。

僕《ぼく》だけではなくて、石工たちもあっけにとられたようにルルフを見ている。

ひとしきり笑った後、ルルフは目尻《めじり》の涙《なみだ》を拭《ぬぐ》って立ち上がり、声を張り上げた。

「――もうそろそろ、いいですよね？」

彼《かれ》が後ろを向いたので、僕《ぼく》も一拍遅《いっぱくおく》れて振《ふ》り向くと、なんとアオノさんとポルカさんが並《なら》んで立っていた。


（いったい、いつから。どうして、アオノさんたちが）

混乱《こんらん》する頭でいくら考えても、から回るばかりだった。アオノさんに至《いた》っては、なぜか微笑《ほほえ》みを浮《う》かべてすらいる。アオノさんがゆっくりと口を開いた。

「つまり、これがもう一つの『卒業試験』だったというわけさ」

（もう一つの「試験」だって？　じゃあ、ルルフたちは僕《ぼく》をいじめていたんじゃない？）

建材が運ばれていなかったのも、みんなの態度もすべて「試験」だったのだろうか。「建築家と親方の息が合わないと、いい仕事なんてできるもんじゃないんだ。だが、息を合わせるという、それだけのことが、なかなかどうして難《むずか》しい。建築家は石工衆《しゅう》より理論《りろん》面で勝っていると思っているし、石工衆《しゅう》は実践《じっせん》に敵うものはないと思うものだからね。お互《たが》いに自負があって、相手に譲《ゆず》る気がないと、嚙《か》み合わないものなんだよ。いくら優秀《ゆうしゅう》でも、現場でやれない弟子《でし》は今までに何人もいたのさ」

腕組《うでぐ》みをしていたポルカさんが僕《ぼく》に笑いかけた。

「ぼうずは大人しいからな。現場に来てもさっぱりしゃべらんときた。現場じゃあ建築家と親方は意見が合わんで、殴《なぐ》り合うことすらある。このままじゃあ、いくら設計ができたところでやっていけんのじゃないかと、アオノと心配してな。ちょっと大げさにいじめてもいいと、ルルフにけしかけた」

「まあ、ちょっとだけですよ。手も出さなかったし、途中《とちゅう》からはオリバーたちに寝返《ねがえ》られたんで、俺《おれ》も何もしなかった。いたって優《やさ》しいものです」

（そういうことだったのか……）

僕《ぼく》はしれっと涼《すず》しい顔をしているルルフを半眼で見上げた。ちょっとだけなんてとんでもない。お芝居《しばい》にしたって、ずいぶん色々《いろいろ》言ってくれたじゃないか。

「甘《あま》やかされた坊《ぼっ》ちゃんだと思ってたからな。お前、思ったよりは骨《ほね》があったぜ」

ルルフはポルカさんたちに聞こえないように、小声でささやいた。

「君が何らかの解決策《さく》を見つけて、周りに監督《かんとく》として認《みと》められれば、試験は合格だった」

アオノさんは笑っている。

「おい、お前たち、作業開始だ！」

ルルフが石工たちに向かって声を張り上げる。

出会ってから初めての、工事の指示だった。

そのまま作業を始めるかと思いきや、石工たちは突然《とつぜん》ぴたりと動きを止めた。全員が横一列に並《なら》び直すと、帽子《ぼうし》を脱《ぬ》いで天に掲《かか》げ、僕《ぼく》に向かってゆっくりと一礼した。僕《ぼく》は自分の帽子《ぼうし》も取って高く空に掲《かか》げた。みんなに大きく手を振《ふ》りながら、清々《すがすが》しいうれしさで胸《むね》がはち切れそうだった。今、初めて石工のみんなに認《みと》めてもらえたような気がする。

（誰《だれ》かの信頼《しんらい》を得るって、大変なことだ……）

自分の誠意《せいい》を見せて、ちょっとやそっとではへこたれずに、相手に辛抱《しんぼう》強く歩み寄り続けなければならない。今の挨拶《あいさつ》で、石工のみんなの気持ちは十分伝わったけれど、僕《ぼく》にはもう一人、信頼《しんらい》を得たい男がいる。くるりと振《ふ》り向いて、僕《ぼく》はルルフへ手を差し出した。

「――よろしく、『親方』」

「……こちらこそよろしくな、『監督《かんとく》』」

ルルフは僕《ぼく》の手を握《にぎ》り返した。堅《かた》い皮膚《ひふ》に覆《おお》われた、僕《ぼく》よりもずっと大きな手、長い間厳《きび》しい労働をしてきた手だった。僕《ぼく》たちは顔を見合わせて、にやりと笑った。

この先、長い付き合いになるのかもしれないことをお互《たが》い予感して。

＊

着手してしまえば、工事の進みは速いものだった。地面をならし、土台を作り、石レンガを積み上げる。これまでの態度が嘘《うそ》のように、石工のみんなは張り切っていい仕事をしてくれた。一番底の部分に石レンガの緩《ゆる》やかな円ができたのを目にした時、僕《ぼ》は言葉にしようのない充実感《じゅうじつかん》でいっぱいになった。

ルルフと初めて握手《あくしゅ》をした日の夜、僕《ぼく》がもう一つの「卒業試験」に合格した話をすると、マーゴットはコーヒーを片手《かたて》に、にこやかに頷《うなず》きながら聞いてくれた。もしかしたら、アオノさんたちからもう話を聞いていたのかもしれない。

「まあ、まだ始まったばかりなんだけど」

――大したもんだ。お前はよくやったよ。

まるで何もかもお見通しで、どことなく誇《ほこ》らしげなマーゴットの顔を見ていると、僕《ぼく》は何だか気恥《きは》ずかしくなってしまって、まだ熱いコーヒーをごくごくと飲みほした。

「……ねえ、マーゴット、明日の夕方散歩しようか」

明くる日の夕暮《ゆうぐ》れ、僕《ぼく》はマーゴットと歩いていた。行き先は、マーゴットが僕《ぼく》に「お願い」をしたあの麦畑だった。マーゴットの歩みは、夏よりもさらに遅《おそ》くなっていた。手ごろな枝《えだ》を杖《つえ》にしてはどうかと差し出したが、彼《かれ》は「歩けるうちは、自分の足で歩く」と言って譲《ゆず》らなかった。僕《ぼく》は、マーゴットに合わせてゆっくり、ゆっくりと歩いた。微《かす》かに足を引きずるようにして、少しずつ歩みを進めるマーゴットの姿《すがた》を見ているうちに、僕《ぼく》の胸《むね》にじんわりと切なさが湧《わ》き上がった。

（いったい、いつから……）

マーゴットが隣《となり》で歩いていることすら、僕《ぼく》は特別だと意識しなくなったのだろうか。いつから、マーゴットといることが、こんなにも当たり前になっていたのだろう。何の疑《うたが》いもなく、二人でずっと並《なら》んで歩いていけると思っていた。素晴らしいメロディーが、次の瞬間《しゅんかん》ぷつりと断ち切られるように、幸せな日々《ひび》はふいに失われることがあると、僕《ぼく》は知っていたはずなのに。胸《むね》に石を抱《かか》えたような心地で、僕《ぼく》は歩き続けた。

麦畑に着いた時には、もう日が暮《く》れかけていた。収穫《しゅうかく》を目前にした麦の穂《ほ》は、沈《しず》みゆく夕日に照らされて、黄金色に輝《かがや》いている。金属のような冷たさはなくて、フロルが作ったマドレーヌのような温かみのある金色だ。マーゴットは吐息《といき》を漏《も》らした。

――美しいなあ……

「うん……きれいだねえ……」

「お願い」をされたあの夏の日、この畑一面に広がる麦の穂《ほ》は、まだ青々《あおあお》としていた。それが、もうすっかり熟《じゅく》して、あとは刈《か》り取られるのを待つばかりだ。目の前いっぱいに広がる金色を見ていると、自分がお金持ちになった気がする。とても貴《とうと》い、豊かなものを手にしているような。

（僕《ぼく》はいつか、お金持ちになってマーゴットに楽をさせてあげたいと思っていた。マーゴットには、たくさん苦労をかけたから、たくさん喜んでもらいたかった。いつか建てるお城《しろ》の中で、安心して暮《く》らしてもらいたかったんだ）

だけど、目の前の光景を見ているうちに、僕《ぼく》が思っていたことは、どうも少し違《ちが》うような気がしてきた。一日の最後の陽の光を浴びて輝《かがや》く、橙色《だいだいいろ》を帯びた黄金の麦。麦畑を渡《わた》って僕《ぼく》たちに届《とど》く風すら、どこかかぐわしい。本当の贅沢《ぜいたく》とか、お金持ちって、こういうことなんじゃないだろうか。この一瞬《いっしゅん》を逃《のが》したら、もう二度と見ることができない、形のないもの。そういうものを、僕《ぼく》はマーゴットに贈《おく》りたいと思った。その時、僕《ぼく》の頭にある考えがひらめいたんだ。でもそれは春までそっとしまっておくことにした。

あの日、マーゴットから寿命《じゅみょう》のことを告げられて以来、苦しくて麦畑を通らないようにしていた。でも、今僕《ぼく》の心は満たされている。ほんの数か月前のことなのに、自分の心がこんなに変わってしまったなんて不思議だ。マーゴットは前を見たままつぶやいた。

――わしは間もなく、永い眠《ねむ》りにつく。だが、死なんよ、わしは。特別製だからな。お前が生きている間は、もう目を覚ますことはないかもしれん。それでも、わしはお前や、お前の大切な人たちのことをずっと夢に見ているだろう。

「そうか……じゃあ僕《ぼく》は、マーゴットが眠《ねむ》ってからも、何度だって『家』に通うよ」

最後の夕日の輝《かがや》きが消えて、あたりがすっかり暗くなるまで、僕《ぼく》たちは手をつないだまま、言葉もなく麦畑をただただ見つめていた。

〈秋〉

〈冬〉

今年は暖冬《だんとう》で、雪は降《ふ》っても翌日《よくじつ》に残らなかった。だから次の日には作業を進めることができた。建設自体は、石レンガを延々《えんえん》と手作業で積み上げていくという作業が多かったので、秋の終わりの時点でもう半分ほどでき上がっていた。この調子だったら、年が明ける前にでき上がりそうだ。ルルフは仕事において一切の妥協《だきょう》をせず、新しい発想を思いつくたびに、ここをこうしてはどうか、と僕《ぼく》に提案した。それは時に言い合いになったけれど、それほどルルフは真剣《しんけん》に仕事に向き合ってくれた。石工のみんなとも仲良くなった。みんなかわるがわる僕《ぼく》の部屋にやってきて、マーゴットとも親しくなった。部屋は狭《せま》いから、三人か四人入るといっぱいになってしまうけれど。そんな時、マーゴットはテーブルの上に座《すわ》った。大きい体の彼《かれ》らが、小さなテーブルを囲んで窮屈《きゅうくつ》そうに身を縮《ちぢ》めて、マーゴットと談笑している。そんな光景が僕《ぼく》にはうれしかった。

僕《ぼく》がいない間、マーゴットは主にアオノさんやフロルたちと時間を過ごしているようだった。マーゴットのことが伝わっているのか、近頃《ちかごろ》僕《ぼく》たちの住む部屋には来客が多い。「ちょっと近くまで寄ったから」と言って、一言、二言、マーゴットと話を交わしていく。そのたびにミルフォードは、確かに僕《ぼく》たちの居場所なのだと実感するのだった。

このところアオノさんは町の音楽堂の設計で忙《いそが》しそうだ。アオノさんの描《か》く図面を見ていると、その発想に驚《おどろ》かされるばかりだ。どうしたらこんな設計を思いつくんだろう。突出《とっしゅつ》したセンスや才能には敬服《けいふく》するばかりだ。

(――そういえば、弟子《でし》入りしてすぐの頃《ころ》にも才能について話したことがあったな)

アオノさんは自分が関わった建物をスケッチして、すべてファイリングしている。本棚《ほんだな》にぎっしり詰《つ》まった資料を、一枚《まい》一枚《まい》めくっては、僕《ぼく》は溜《た》め息をついてみとれた。

(なんて美しい建物なんだろう)

アオノさんの建物は、決して派手《はで》ではないが、周囲の景色に調和して、穏《おだ》やかで優雅《ゆうが》な優《やさ》しい印象を受けるのだ。

「アオノさんは、本当に才能がおありなんですねえ」

「才能？　私《わたし》が？」

「あ、もちろん、とても努力なさっているんでしょうけれど。アオノさんには、僕《ぼく》には想像もつかないほどの物凄《ものすご》い才能が」

アオノさんの努力を侮《あなど》っているように聞こえてしまっただろうか。僕《ぼく》は慌《あわ》てた。

アオノさんは手に二人分のマグカップを持って近づいてきた。どうやら気分を害してはいなかったようだ。

「才能ってなんだい？　それは目に見えるものなのかな？　見えないものだとしたら、なぜ君には、それが『ある』とか『ない』とか、分かるんだい？」

僕《ぼく》の正面に腰《こし》かけたアオノさんが、ひとくち、コーヒーをすすった。

「それは、アオノさんの作る家が素晴らしいからです」

「素晴らしいって、どういうことかな」

「住む人がアオノさんの家に満足しているし。それに――とても家が長持ちするから」

「私《わたし》にはね、建築の才能なんてないよ。少なくとも、私《わたし》自身、そんなものがあると思ったことはない。私《わたし》の建てた家が、高く評価してもらっているとしたら、それは、私《わたし》が、どうしたら住む人に心地よく住んでもらえるか、いつも考えているからだ」

「住む人に、心地よく……」

「それが、一番大切なことなんだと私《わたし》は思う。私《わたし》たちは家を設計し、建てるお手伝いをするけれど、家で寝《ね》起《お》きして、生きていくのは住む人たちだから」

そう言って、アオノさんはにっこりした。


そんなことを思い出して、僕《ぼく》がにこにこしていると、「お茶でもどうかな」とアオノさんは二人分のカップをテーブルに置いた。

「――そういえば、アオノさんは最初にどんな建物を設計されたんですか？」

（家かな、お店かな。それともアオノさんのことだから、一足飛びに大聖堂《だいせいどう》とか……。）

アオノさんは、おどけて両腕《りょううで》を横に開いた。

「私《わたし》がはじめて、最初から最後まで設計したのは、なんと犬の家だった」

「えっ……」

「それもね、好きな女の子に、少しでもよく思ってもらいたいと思って作ったんだ」

アオノさんははるか昔を懐《なつ》かしむような表情をしていた。

「――私《わたし》は、四男で家を継《つ》げないから、手に職をつけてこいと、建築家の親方のところに弟《で》子《し》に出された。その親方が、妻の父だったんだ。弟《で》子《し》の中では筋《すじ》がいい、なんて言われていたから調子にのっていたっけ。ある時妻が、犬小屋を建ててくれる弟《で》子《し》を探《さが》していた。腕前《うでまえ》にうぬぼれていた私《わたし》は、ホイホイと名乗りを上げたんだ。いいところを見せるチャンスとばかりにね」

「それで、どうなったんですか？」

アオノさんは、声を上げて笑った。

「結果は、惨憺《さんたん》たるものだったよ。見たこともないほど素晴らしいものを作ろうと意気込《いきご》んでね。教会建築の要素を取り入れて、装飾《そうしょく》も凝《こ》ったんだ。大馬鹿《おおばか》だったなぁ」

「奥様《おくさま》は、喜ばなかったんですね」

「それどころか、ひっぱたかれたよ。犬の気持ちなんて全然考えてないから、こんなひどい犬小屋を作れるんだってね」

僕《ぼく》は子供《こども》の頃《ころ》のアオノさんが間近にいるような気持ちで聞いていた。

「それから、犬のことだけを考えて作り直した。大きさは、一番合う材質は、風通しは、って。そうしてでき上がったのは、とても素朴《そぼく》な犬小屋だったが、犬ははしゃいで小屋を出入りして、妻は笑ってくれた。その時分かったんだ。ああ、家を建てるってことは、こういうことなんだろうなってね。相手が喜んでくれて、それが自分の喜びになるんだ」

「相手の喜びが、自分の喜び……」

「豪華《ごうか》な家だとか、人から褒《ほ》められるかとか、そんなことはどうでもいいんだ。大切なのは、どうやったら住む人に居心地がいいと思ってもらえるか。永きにわたって住む人を守ってくれるような家を建てるには、どうしたらいいのか。その想いは、たとえ私《わたし》がいなくなっても、あり続けて住む人を守ってくれる」

　アオノさんは三年前と同じことを言った。彼《かれ》は高い評価や名声にはいっこうに無頓着《むとんじゃく》だった。アオノさんにとって大切なのは、いつだって住む人のことで、それは何

があっても揺《ゆ》るがないのだろう。アオノさんは、しばらくぶらぶらと部屋の中を歩き回っていたが、壁際《かべぎわ》で歩みを止めた。

「妻が病気になってから、家の色々《いろいろ》な部分を変えたんだ。――家のあちこちに、妻が歩きやすいように手すりをつけた。家の中の段差《だんさ》をなくした。外で遊んでいるフロルを見やすいように、窓《まど》を大きくして」

アオノさんは、細かな傷《きず》のついた手すりを愛しげになぞった。――使われなくなってから久しい今も、丹念《たんねん》に手入れされている証のように、手すりは滑《なめ》らかに輝《かがや》いていた。

「弱っていく妻の体に負担《ふたん》がかからないように工夫をこらした。そうすることで、一日でも、一秒でも長く彼女《かのじょ》が生きてくれたらと、切に願ってね。その時の私《わたし》の気持ちは永遠だ。妻はもういないけれど、この想いは生き続けて、私《わたし》を支え続ける」

僕《ぼく》は、あらためて部屋を見渡《みわた》した。この家のあちこちにあるアオノさんの「想い」。それは手すりであったり、緩《ゆる》やかな段差《だんさ》であったり、大きな窓《まど》から差しこむ光であったり。

一見何も他の家と変わらないようだけれど、家中にあふれているのが、アオノさんの、奥《おく》さんへの想いなのだ。きっと僕《ぼく》には、まだそのすべては分からない。

「この家には、アオノさんの想いがたくさん残っているんですね……そんな想いを遺《のこ》してもらえる人は幸せだなあ」

「何を言っているんだ。君も、同じじゃないか？」

「僕《ぼく》が？」

「マーゴットだよ」

ますます意味が分からない。

「マーゴットを『作った』のは、君のおじいさんだったんだっけ？」

「ええ、そうです」

「君自身はおじいさんに会ったこともない、話したこともない。おじいさんも、君のことを知らない。それでも、おじいさんが愛情をこめて作ったマーゴットは、意図せずして――彼《かれ》の死後に動き出し、君を守り、導いた。金だとか、名誉《めいよ》なんかよりもはるかに大きな贈《おく》り物だと、私《わたし》は思うね。本当に人を慈《いつく》しむ心は、想いは、時を超《こ》えて、当たり前のように奇跡《きせき》を起こすんだ」

僕《ぼく》はマーゴットが初めて動いた、あの日のことを思い出した。両親の葬式《そうしき》の日。芯《しん》まで冷えきって、体が強ばった僕《ぼく》に、マーゴットは必死に近づいてきてくれた。彼《かれ》がたどたどしく歩く、コトコトという音まではっきり思い出すことができる。あれから、どれだけたくさんのことが起こっただろう。そして、彼《かれ》のおかげで僕《ぼく》は今、ここにいる……。

「僕《ぼく》にも『想い』を遺《のこ》してくれていた人がいたんですね……」

「マーゴットを作ってくれた、君のおじいさん。……いや、彼《かれ》だけじゃない。君のおばあさんや、お父さん、お母さん。めいめいが、マーゴットの中に想いを遺《のこ》してくれていたんじゃないだろうか」

アオノさんの言葉で、僕《ぼく》の脳裏《のうり》にはマーゴットが手を差し伸《の》べてくれた姿《すがた》がふたたび鮮《あざ》やかによみがえっていた。

（ありがとうございます。僕《ぼく》に、マーゴットを遺《のこ》してくださって）

僕《ぼく》は、会ったこともない祖父たちに、初めて心からお礼を言った。

どんな姿《すがた》をしていたのか全く知らない僕《ぼく》の祖父は、想像の中でもどこかぎこちなく、ほんの少しだけ、マーゴットに似ていた。

＊

ある雪の日のことだ。フロルが画材を抱《かか》えてやってきた。

「今日は雪だから、外で作業はできないでしょう。邪魔《じゃま》にならないようにするから、マーゴットを描《か》かせてもらえないかしら」

マーゴットは前もって話を聞いていたのか、驚《おどろ》く様子もなく、

「ああ、嬢《じょう》ちゃん、かまわんよ」

「じゃ、僕《ぼく》は邪魔《じゃま》かな」

「普段《ふだん》通りの方がいいの。むしろいてもらえるとうれしい」と言って、フロルはベッドに腰《こし》かけてスケッチを始めた。僕《ぼく》とマーゴットは、テーブルに本やら図面を広げて一緒《いっしょ》にのぞきこんだ。ちらりとフロルをうかがうと、ひどく真剣《しんけん》な顔をして描《か》いている。彼女《かのじょ》はシャッシャッと軽快な音を立てて鉛筆《えんぴつ》を紙に走らせ、何枚《なんまい》ものスケッチを仕上げていった。ストーブの薪《まき》が何本も灰《はい》になった頃《ころ》、彼女《かのじょ》は満足そうに息を吐《は》くと、みんなでご飯を食べようと言った。

「今日のごはんは特別製よ」

そう言って、籠《かご》からフロルが慎重《しんちょう》に取り出したパンは、上のあたりに切れこみが入っているだけで、いつもと同じものに見えた。そう言うと、彼女《かのじょ》は得意げに笑い、パンのふたをかぱりと開けた。切れこみに見えるだけでなく、パンは上下に分かれていたのだ。

パンの器の中からただよう、美味《おい》しそうなビーフシチューの匂《にお》いに、僕《ぼく》とマーゴットは喜びの声を上げた。火傷《やけど》しないように気を付けながら、マーゴットと分け合って食べる。食事が終わる

とフロルはスケッチを再開し、楽しい時間はあっという間に過ぎていった。

遅《おそ》くなったフロルを家まで送りながら、僕《ぼく》は気になっていたことを聞いてみた。

「どうして、突然《とつぜん》マーゴットを描《か》こうと思ったの？」

僕《ぼく》が記憶《きおく》にある限り、彼女《かのじょ》がマーゴットを描《か》こうとしたことは一度もなかった。

「あたし、ずっと絵を習いたかったの」

フロルは、ほう、と白い息を吐《は》いた。

「父さんは男と違《ちが》って女が絵を描《か》いても、画家になれるわけじゃないからって反対してた。マーゴットが父さんを説得してくれたの。子供《こども》がやりたいと思ったことを、やらせてやりなさいって。……それで父さんは絵画教室に行かせてくれるようになったの」

「そうだったのか……。全然知らなかった」

「だから、あたしはマーゴットに恩があるの。恩返しってわけじゃないけど、あなたのおかげでこんな絵が描《か》けるようになりましたって、見せたくなったの。それだけ」

フロルの鼻の頭は赤く、むきだしの首が寒そうだ。僕《ぼく》は自分のマフラーを外して、彼女《かのじょ》の首まわりにぐるぐると巻《ま》きつけた。

「あんたが寒くなるじゃない」

「いいんだ。ご飯のお礼」

「……それなら、貸してもらうわ」

「ねえ、絵が描《か》けたら、僕《ぼく》にも見せて」

フロルはちょっと驚《おどろ》いたようだったが、やがてコクリと小さく頷《うなず》いた。

その日以来、雪が降《ふ》るとフロルは時々《ときどき》やってきて、絵を描《か》いていった。

＊

家ができ上がったのは、いよいよ年が終わるという頃《ころ》だった。

アオノさんの査定が終わり、合格の判定が出ると、みんな自分のことのように喜んでくれた。

ルルフは「俺《おれ》たちが作ったんだから、不合格になるはずがないな」と胸《むね》をそらしたし、ポルカさんは涙《なみだ》をにじませて、「ぼうず、頑張《がんば》ったな」と僕《ぼく》の肩《かた》を揺《ゆ》さぶった。マーゴットにも報告し、「家を見に行く？」と聞いたところ、彼《かれ》は小さく頭を横に振《ふ》った。

――春になったら、見に行くよ。

何となく、マーゴットはそう言うような気がしていた。もしかして、僕《ぼく》が家を建てる場所を選んだ理由に気が付いていたのだろうか。そうじゃないとしても、彼《かれ》を案内するのは暖《あたた》かな春になってからにしたかった。ただ、それまで彼《かれ》が持ちこたえてくれるか、少し不安だった。早起きだったマーゴットは、この頃《ころ》、朝は日が高くなってからようやく起き上がり、夜も早く床《とこ》につく。食事の量も、さらに少なくなっていた。

（もう少しだけ、頑張《がんば》ってほしい……）

こう思ってしまうのは、僕《ぼく》のわがままではないだろう。

アオノさんには「合格」をもらったけれど、あの建物はまだ「マーゴットのお城《しろ》」になっていない。住みやすい「家」にするにはまだ、必要なものがあるのだ。

卒業試験の合格祝いと、年越《としこ》しのお祝いをみんなで一緒《いっしょ》に祝おう、と最初に言ったのは、ポルカさんだっただろうか。ミルフォードに住んで三年になるが、大勢でお祝いをするなんて初めてだった。いつもは奥《おく》さんと二人で年越《としこ》しを祝っているポルカさんが、なぜこんなことを言い出したのか、僕《ぼく》には痛《いた》いほど分かっていた。僕《ぼく》の周りにいる人は、誰《だれ》もが本当に温かい心の持ち主だ。何もかもなくしてしまったと思っていた僕《ぼく》は、この場所で数え切れないほどのものを得ることができた。

お祝いの場所は、マーゴットが行きやすいようにアオノさんの家になった。

その日アオノさんの家の居間は、アオノさんとフロル、ポルカさん夫妻、それから石工のみんな、僕《ぼく》、マーゴットが集まって大賑《おおにぎ》わいだった。テーブルを埋《う》め尽《つ》くす、きのこのポトフやブッシュドノエル、クランベリーソースのたっぷりかかった七面鳥。時間をかけて仕込《しこ》みをしていたという、ポルカさんの奥《おく》さんとフロルの心づくしの手料理にみんな歓声《かんせい》を上げた。こんがりと焼けた七面鳥を、マーゴットにも食べやすいように細かくほぐしてやった。よほど美味《おい》しかったのか、マーゴットも目を丸くしている。たまらず僕《ぼく》も肉を切り分けた。噛《か》むほどに肉汁《にくじゅう》が溢《あふ》れ、口いっぱいに香草《こうそう》の風味が広がった。

（うーん、美味《おい》しい。フロルはきっといい奥《おく》さんになるな）

そう思ったら、なぜか急に頬《ほお》が熱くなった。……この場の熱気にあてられたのだろう。

みんなもうまいうまいと口々《くちぐち》に絶賛した。絶賛するだけでなく、若《わか》い石工たちは素晴らしいスピードで皿を空にしていった。フロルとポルカさんの奥《おく》さんは、うれしそうに顔をほころばせていた。ルルフや石工のみんな、ほろ酔《よ》い機《き》嫌《げん》のポルカさんは上機嫌《じょうきげん》で、意味もなく僕《ぼく》の肩《かた》や背中《せなか》をばしばしと叩《たた》いた。これ以上叩《たた》かれたら、太鼓《たいこ》になってしまうんじゃないだろうかと思ったが、楽しかった。ここにいる誰《だれ》もがくつろいでいて、会を心から楽しんでいる。そんな輪の中にいられることも心地よく、みんなに構われて微笑《ほほえ》んでいるマーゴットを見ているのもさらにうれしかった。マーゴットがちびちびとエール酒をなめるたびに、髭《ひげ》が泡《あわ》で濡《ぬ》れるので、フロルが拭《ぬぐ》ってやっていた。


宴《えん》もたけなわになった頃《ころ》、ポルカさんは軽く手を叩《たた》いた。

「えー、ここで発表があります」

どんちゃん騒《さわ》ぎをしていた石工たちも、マーゴットと話に花を咲《さ》かせていたアオノさんも、一斉《いっせい》に口をつぐんでポルカさんを見た。

「この会は、新年を祝う会であると同時に、ぼうずの試験合格祝いを兼《か》ねているものであります。そこで一曲、」

こほん、と咳払《せきばら》いをすると、どこからかヴァイオリンを取り出し、顎《あご》にあてた。

まさか、余興として腕前《うでまえ》を披露《ひろう》するつもりなのだろうか。ポルカさんの腕前《うでまえ》を知る誰《だれ》もが椅子《いす》を引き、軽く身構えた。

「――と披露《ひろう》したいところでありますが、今日は嬢《じょう》ちゃんに出番を譲《ゆず》りたいと思います。おいエミル、何耳を塞《ふさ》いどるんだ！」

酔《よ》って真っ赤になったエミルが両手で耳を押《お》さえるユーモラスな姿《すがた》に、賑《にぎ》やかな笑いが沸《わ》き起こった。

フロルが白い布に覆《おお》われた正方形のものを抱《かか》えて部屋に入ってきた。

「あたしからの合格祝いです。ほんとは、こんなにたくさんの人の前で見せるのは恥《は》ずかしいんだけど、せっかくだから……」

覆《おお》いが外されて現れたのは、フロルが描《か》いてくれた肖像画《しょうぞうが》だった。

――ただし、マーゴットと僕《ぼく》、二人の。

キャンパスの中、僕《ぼく》とマーゴットが顔を見合せて笑っていた。手元に広げた図面の話をしているのだろうけれど、二人とも図面など見ていなかった。いったい何がそんなに楽しいのか、お互《たが》いを見てこの上なく幸せそうに笑っている。フロルには、僕《ぼく》たちがこんなふうに見えていたのだろうか。これほど温かい絵は見たことがない。まるで僕《ぼく》たちの笑い声や、体温までが伝わってきそうだ。

「はじめは、マーゴットだけの肖像画《しょうぞうが》を描《か》かせてもらうつもりだったの。でも、やっぱり二人じゃないと。二人でいる時が、お互《たが》い一番いい顔をするから、描《か》かせてもらいました」

僕《ぼく》に向かって、フロルが悪戯《いたずら》っぽく片目《かため》をつぶった。僕《ぼく》は何だか胸《むね》がいっぱいになってしまって、上手《うま》く笑い返すことができなかった。

――ありがとう、嬢《じょう》ちゃんや。

マーゴットがよちよちと歩いて、フロルの手を軽く握《にぎ》った。フロルはさっと膝《ひざ》をつき、マーゴットの手を両手で握《にぎ》り返した。僕《ぼく》もお礼を言うべきなのだろうけど、今口を開くと余計なものまで目から出てしまいそうだったから、代わりに力いっぱい手を叩《たた》いた。つられてみんなが手を叩《たた》き始めた。

ロウソクの灯《あか》りにも似た穏《おだ》やかな拍手《はくしゅ》が、やがて部屋中を満たしていくのが分かった。

＊

疲《つか》れてしまったマーゴットを隣《となり》の部屋で休ませて、フロルの後片付《あとかたづ》けを手伝っているうちに、酔《よ》ったポルカさんを送っていったアオノさんが帰ってきた。

「おや、ここにいたのか」

「お茶でも淹《い》れましょうか」

「ああ、助かるよ」

勝手知ったるもので、僕《ぼく》は戸棚《とだな》から紅茶《こうちゃ》の缶《かん》を取り出し、小さなケトルを火にかけた。いつもはフロルがうるさいから台所には立ち入らせてもらえないが、今日くらいはいいだろう。僕《ぼく》が淹《い》れたお茶を冷ましながら一口飲み、やがてごくごくと飲みほしたアオノさんは、ふーっと長い息を吐《は》いた。

「……大きくなったなあ。最初に会った時のことが、もうずいぶん昔のことみたいだ」

「そうですね。僕《ぼく》、たっぷり三インチは伸《の》びましたもの」

もう何年かしたら、ポルカさんは無理だろうが、アオノさんの背《せ》は追い越《こ》してしまうかもしれない。あちこち旅をしている時は、あまり背《せ》は伸《の》びなかった。ここで安定した生活と、食事をして、すくすく伸《の》びていったのだ。

「まだちゃんと言ってなかったね。卒業試験合格、おめでとう」

「ありがとうございます――一時は途方《とほう》にくれました。なんだかとても長い時間が経ったように感じます」

「そうだろうねぇ、よく頑張《がんば》った」

「でも、まだあの『家』が完成だとは思っていないんです」

「ほう？」

「『家』には必要なものが、まだたくさんあるでしょう？」

「うん。……実は、フロルだけじゃなくて、みんなが君たちに贈《おく》り物を用意しているんだ。それがあれば、ぐっと『家』に近づくんじゃないかな」

「そうだったんですか……！　ありがとうございます」

アオノさんが話してくれた「贈《おく》り物」は、まさに「家」に必要なものばかりだった。

（これから、マーゴットに気付かれないように「準備」を進めて、春になったらマーゴットを案内しよう）と、頭を下げながら僕《ぼく》は決めた。

二杯《にはい》目のお茶を飲みながら、アオノさんは考え深げだった。僕《ぼく》はふと、――ずっと不思議に思っていたことを聞きたくなった。今しかないような気がする。

「あのう、アオノさん。ずっと前から、お聞きしたいことがあったんです」

「うん？」

「なぜ、僕《ぼく》を弟子《でし》にしてくださったんですか。突然《とつぜん》現れた、お金も持っていなければ、身元だって怪《あや》しい孤児《こじ》を」

「知りたいかい」

アオノさんは微笑《ほほえ》んだ。

「はい」

「――君の手だよ」

「手?」

そういえば、三年前、アオノさんに弟子《でし》にしてくれと頼《たの》みに行ったとき、アオノさんは僕《ぼく》の手を取り、まじまじと見つめていた。あれに、何か意味があったのだろうか。

「指がたこで固くなっていた。ご両親を亡《な》くしてから、必死にヴァイオリンを弾《ひ》いて生きてきたんだろう。苦労して働いて生きてきたという、荒《あ》れた手だった。そういう子ならば、厳《きび》しい修行も耐《た》えられるかと思ってね」

「それで、あんなにじっくりとご覧《らん》になってたんですか……」

何となく照れてしまって、僕《ぼく》は頭をかいた。ただ、父さんに言われてヴァイオリンを弾《ひ》いて、その後はマーゴットに言われて弾《ひ》いていただけなのに。

……そして、ふと手を止めた。

(両親を亡《な》くした、って……)

僕《ぼく》の境遇《きょうぐう》について話したのは、アオノさんに弟子《でし》入りが決まってからだ。頼《たの》みに行った時点では、僕《ぼく》は旅をしながらヴァイオリンを弾《ひ》いているとしか話していなかったはずだ。それなのに、なぜアオノさんは知っていたような言い方をしたのだろう。

「納得《なっとく》していないという顔だな。まあ、他にも理由があることは確かだが」

「それは、いったい……」

「そろそろ君にも話していい頃《ころ》かとは思っていたんだ」

アオノさんはテーブルの上に指を組んだ。

「一番の理由は、――――マーゴットが頼《たの》みに来たからだ」

「マーゴットが……?」

予想外の返答に、僕《ぼく》はきょとんと眼を見開いた。三年前のことなので、確かとは言えないが、マーゴットはずっと僕《ぼく》と一緒《いっしょ》にいたはずだ。そんなそぶりはまるで見せなかった。

いったいいつ、アオノさんに頼《たの》みに行っていたというのだろう。

「君が私《わたし》に弟子《でし》入り志願に来る前の夜のことだ。彼《かれ》は一人で工房《こうぼう》にやってきた。そして君のことを何もかも話していったよ。早くに親を亡《な》くして、ヴァイオリンで生計を立ててきたこと。弱音はめったに吐《は》かないけれど、いつもどこか寂《さび》しそうなこと。ヴァイオリン以外に、情熱を燃やせるものをずっと探《さが》していたことなんかをね。頭をこう……地につけんばかりに深く下げてね、君のことを弟子《でし》にしてやってくれと、頼《たの》むんだ。見ていて壊《こわ》れるんじゃないかと不安になるくらいだった。こちらがやめてくれと言っても、何度も何度も頼《たの》むんだ」

静かな声でアオノさんが語り始めたのは、僕《ぼく》が知る由《よし》もない三年前の夜の出来事だった。

「私《わたし》が工房《こうぼう》にこもって新しい建築プランに頭を悩《なや》ませていると、微《かす》かなノックの音が聞こえてきた。不思議に思って扉《とびら》を開けると、昼間教会で会った少年が持っていた、自分の膝丈《ひざたけ》ほどしかない人形が立っていたんだ。長く生きていると色々《いろいろ》なことがあるけれど、これほど不思議なことは初めてだった。驚《おどろ》きもあったが、それはとりあえず棚上《たなあ》げすることにして、夜更《よふ》けに立ち話もなんだから、と人形を部屋に通して椅子《いす》を勧《すす》めた。人形が椅子《いす》によじ登る時は手を貸したし、飲むかどうかは分からなかったが、客人なので一応お茶も出した。

——私《わたし》はマーゴットといいます。あの子のことでお願いがあり、失礼を承知で伺《うかが》いました。

人形は、脱《ぬ》いだベレー帽《ぼう》を胸《むね》にぎゅっと抱《だ》きしめて、私《わたし》をまっすぐに見つめた。

——どうか、あの子を弟子《でし》にとってやって頂《いただ》けないでしょうか。

言葉を話せたのか、弟子《でし》とはいったいどういうことだ、と戸惑《とまど》ってね。数秒経って、私《わたし》は自分が立派《りっぱ》に動揺《どうよう》していることに気が付いた。紅茶《こうちゃ》に淹《い》れていたはずのミルクが、カップからあふれてティーソーサーにまでだらだらとこぼれていたんだ。

私《わたし》は先日、教会で話しかけてきた少年のことを思い出した。擦《す》り切れた服に身を包み、まっすぐに私《わたし》を見て話しかけてきた男の子。人形のことも覚えていた。十を過ぎたような少年がそうそう人形など携《たずさ》えているものではないからね。まして老人の姿《すがた》をした人形だったから、どうしたって印象に残った。私《わたし》は今一度目の前の人形をとっくりと見つめたんだ。さすらいの生活をしている割《わり》に、少年が澄《す》んだ目をしていたのが不思議だったが、この人形に育てられてきたのだと思うと納得《なっとく》した。間違《まちが》った道にそれないようにと、父親のように、師のように、この人形は、少年にあふれんばかりの愛情を注いできたのだろうと思った。その姿《すがた》は妻を亡《な》くした後、フロルを見守ってきた私《わたし》自身にもよく似ていたんだ。

――私《わたし》は年寄りです、もう、永くありません。そう経たないうちに、この体は動かなくなる。そうしたら、あの子は、本当にひとりぼっちになってしまう。幼《おさな》いうちから色々《いろいろ》なものをなくしてきたせいか、あの子はどこか物事を諦《あきら》めているところがある。そんなあの子が、あなたの作った建物に、初めて強い関心を示した。

私《わたし》は、あの子に、形あるものは何一つ残せない。だから、私《わたし》がいなくなった後も、生きていたいと思えるような何かを、心底あの子に見つけてほしかった。あの子に、建築家としての適性があるかも分かりません。けれども、あの子があなたに弟子《でし》にしてほしいと訪《たず》ねてきたら、どうか拒《こば》まないでやってもらえんでしょうか。せめて、才能があるかどうかくらいは、見てやってはもらえんでしょうか。

お願いします、と言って、年老いた人形はずり落ちるように椅子《いす》から下りてね、帽子《ぼうし》が床《ゆか》に落ちたのも気にとめず、頭を下げた。腰《こし》を折り曲げて、直角どころか、これ以上頭が下がらないというほどに深く深く下げた。こんな無理な姿勢《しせい》を続けたら、どう見ても木製のこの人形は壊《こわ》れてしまうのではないだろうか。私《わたし》はハラハラして、やめてください、と頼《たの》んだが、マーゴットと名乗ったその人形は決して頭を上げようとはしなかった。それどころか、私《わたし》の顔を見上げては、何度も何度も頭を下げた。私はとうとう根《つい》を上げた。これはまいったと、そう思って言ったんだ。

『分かりました。もし、彼《かれ》がやってきたら、様子見ということで受け入れます。ただし、教えてみて、適性がないようだったら、その時は、はっきり言いますよ』、とね。

マーゴットははっと顔を上げると、ふたたび深く頭を下げた。

私《わたし》は滅多《めった》に弟子《でし》はとらない。特に妻の死後は、一人もとっていなかった。だが、自分の膝丈《ひざたけ》ほどもない、小さな老人の人形が必死に頭を下げる姿《すがた》には、こう、心をじんと鷲《わし》づかみにされるようなものがあった。この年老いた人形は、いったいどれほど少年のことを想っているのだろう。私《わたし》は、彼《かれ》に自分を重ね合わせた。

(もし、私《わたし》に何かがあって、フロルが一人になったら、どうなるだろう)

(もし、私《わたし》がこの人形だったら、私《わたし》も同じようなことをするかもしれない)

それは、同情というよりもむしろ、娘《むすめ》を持つ親としての深い憐憫《れんびん》と共感だった。人ならぬ、人形がここまでするのだ。少年に建築家の才能があるかは分からないが、その時私《わたし》は試してみようと思ったんだ」

「マーゴットが、そんなことを……」

声がかすれた。その先の言葉を、僕《ぼく》は続けることができなかった。アオノさんの顔を見ていられなくて、顔を下に向けた。僕《ぼく》の背中《せなか》を押《お》してくれたマーゴット。彼《かれ》の言葉にどれほど勇気づけられたことか。僕《ぼく》が眠《ねむ》ったあとにアオノさんに頼《たの》みに行ってくれていたなんて。彼《かれ》がそんなことをしてくれていたなんて何も知らずに、僕《ぼく》は自分が勇気を出したから、幸運だから弟子《でし》にしてもらえたと思っていたのだ。なんて浅はかだったんだろう。道理で、初めてマーゴットを見た時、アオノさんは驚《おどろ》かなかったはずだ。彼《かれ》は僕《ぼく》がやってくることも知っていた。弟子《でし》にしてくださいと、ためらって頼《たの》みに行けなかった僕《ぼく》の代わりに、頭をすりつけんばかりにして頼《たの》んでくれたマーゴット。素朴《そぼく》な木製の床《ゆか》を見つめていると、その時の彼《かれ》の姿《すがた》が浮《う》かんでくるようだった。あんなに小さい体を精《せい》いっぱい折り曲げて、僕《ぼく》のために必死に頭を下げてくれたのだ。

何度も、何度も、僕《ぼく》のために。僕《ぼく》の夢のために……。

下を向いたままの目から、涙《なみだ》がぱたぱたと床《ゆか》に落ちて、吸《す》いこまれていった。

アオノさんが、僕《ぼく》の頭にそっと手を置いた。

どれほどの長い間。どれほどの愛情を、僕《ぼく》は知らず知らずにマーゴットから受け取っていたのだろう。その途方《とほう》もなさに、思わず眩暈《めまい》がした。彼《かれ》から受け取った愛情は、それと知らずに、両親を亡《な》くした時に空っぽになったはずの僕《ぼく》の心の中をひたひたと満たして、あふれてしまいそうだった。

今ならマーゴットのお願いの本当の意味が分かるような気がする。

もしも人形に寿命《じゅみょう》があるとして、もし、自分で寿命《じゅみょう》を選ぶことができるとしたら。僕《ぼく》が本当にやりたいことを見つけられて一人で生きていけることを見届《みとど》けるまで、というのがマーゴットが決めた寿命《じゅみょう》だったのではないだろうか。寿命《じゅみょう》が終わるまでに間に合うかどうかは、彼《かれ》にとっても賭《か》けだったに違《ちが》いない。マーゴットの他にも大切な人たちを見つけられるか、僕《ぼく》たちのよりどころになるような「家」を作れるか。一つ一つの賭《か》けを彼《かれ》は実に辛抱《しんぼう》強くこなしていったのだ。僕《ぼく》がマーゴットの願いをすべてかなえたら、彼《かれ》は安心して眠《ねむ》りにつけるんじゃないだろうか。

＊

帰り道、さくさくと雪の感触《かんしょく》を噛《か》みしめるように歩きながら、心の中で問いかけた。
（ねえ、僕《ぼく》は間に合ったかな？　間に合いそうかな？）
おんぶしたマーゴットはうとうとまどろんでいる。背中《せなか》の彼《かれ》は、哀《かな》しいほど軽かった。

長い冬の間、道端《みちばた》に積み固められた雪が溶《と》け始めた。

僕《ぼく》たちに残された時間は、少しずつ確実に減っていった。凍《こお》っていた雪が溶《と》けて、一滴一滴《いってきいってき》流れ落ちた水が川に注がれ、やがて大きな海へと還《かえ》っていくように。


静かな夜だった。

「ねえ、そっちに行ってもいい？」

僕《ぼく》はまるで小さな子供《こども》に戻《もど》ったかのように、寝支度《ねじたく》を始めたマーゴットに聞いた。マーゴットと一緒《いっしょ》に寝《ね》ることは、アオノさんに弟子《でし》入りしてから、とんとなくなっていた。

――かまわんが、お前。

マーゴットが戸惑《とまど》うのも無理はなかった。マーゴットのベッドは、マーゴットサイズ。とても僕《ぼく》が寝《ね》そべることができるほど、大きくなかったからだ。問題はない、僕《ぼく》は床《ゆか》に寝《ね》ればいいのだ。木の床《ゆか》は朝になると冷えるけれど、耐《た》えられないほどではない。

「いいんだ。僕《ぼく》が、そうしたいから」

寝台《しんだい》から、毛布と枕《まくら》をつかんで、マーゴットのベッドの脇《わき》の床《ゆか》に寝《ね》そべった。

マーゴットと同じ目線になって、彼《かれ》が普段《ふだん》見ているものを見てみたいと思ったからだ。

「ねえ、マーゴットはどうして『生まれ』たの？」

ずっと分からなかった。マーゴットは、僕《ぼく》の祖父が作った人形だ。あの日まで、ぴくりとも動くのを見たことがなかったし、その前に動いたり話したりすることがあったら、母さんは僕《ぼく》に話していたはずだ。

——さあ。わしにもとんと分からんなあ。

本当に分からないという口ぶりだった。それがおかしくて、僕《ぼく》はくすくす笑った。

——わしは、お前の母さんが生まれる前に「作られた」。わしを作ったのは、腕《うで》のいい人形職人で、初めて作った人形がわしだった。もう亡《な》くなっている自分の父親に似せて作ったのだと、誰《だれ》かに言っているのを聞いたことがあるな。職人は、ぶっきら棒《ぼう》で、口下手《くちべた》だったけれども、ありったけの心を傾《かたむ》けてわしを作ってくれた。「マーゴット」という名前をもらった時に、わしはあの人から温かい心までもらったような気がしたよ。

わしはお前の母さんが成長していくのもずっと見ていた。よちよち歩きだった子供《こども》が、かわいい少女からきれいな女性になって。やがてお前の父さんと一緒《いっしょ》になり、お前が生まれた。お前のお母さんはお前がおなかにいる時も、わしによく話しかけていたんだよ。この子は私《わたし》に似ているかしら？　どんな名前がいいかしら？　と、それは楽しそうにな。

お前が、その大きな青い目でわしをのぞきこんだ日のこともよく覚えている。

お前はわしのひげをぎゅーっと引っぱり、「まーこっと」とつたなくわしの名を呼《よ》んだ。

お前はあっという間に大きくなった。よく動き、よく食べ、笑った。いつだったか、ヴァイオリンが上手《うま》く弾《ひ》けたと言って、大口を開けてケーキを食べていたっけな。わしはそれを全部見ていた。ずっと、ずっと見ていた。

わしを作ってくれた人形職人が死んだ時も、やがてお前の両親が病気になって死んでいったと時も、わしはただ見ているしかできなかった。何一つ、してやることができなんだ。これまでに見聞きしたことで、知っていることは増えたが、何せ人形だしな。体が動かねば、どうにもならん。

両親の葬儀《そうぎ》の日、お前は扉《とびら》を閉《し》めるなり、崩《くず》れるようにしゃがみこんだ。それを見た時、わしが……わしが、何とかしなければならんと思った。わしは、腹《はら》の底から力が湧《わ》いてきたんだ。お前は一人じゃないぞ、わしがここにいる、だから大丈夫《だいじょうぶ》だ！　そう思うといくらでも強くなれるような気がした。そうしたら今まで動かなかった身体が動いたんだ。自分でも、口がきけることに驚《おどろ》いた。

マーゴットの訥々《とつとつ》とした語りは、お湯のように僕《ぼく》の全身に温かく沁《し》みていく。僕《ぼく》の冷えた指先や、足首をぽかぽかと温め、強ばりを柔《やわ》らかくほぐしていった。

「なぜ体が動いたのか分からない」なんて言っているけど、たぶん違《ちが》う。きっと、本当にひとりぼっちになってしまった僕《ぼく》を、マーゴットは「守らなくては」と思ってくれたんだろう。木でできた堅《かた》い身体を、動かすほどの強い心で。

マーゴットは決して「僕《ぼく》を守ってあげようと思った」なんて口にしない。僕《ぼく》はそんなところが、心底好きだ。そんなマーゴットに守り、愛されたことがたまらなく誇《ほこ》らしかった。

もし、僕《ぼく》にいつか子供《こども》が生まれたら。飽《あ》きることなくマーゴットの話をしてやりたい。マーゴットが僕《ぼく》にしてくれたように、その子にもしてやりたいと思った。

薄暗《うすくら》がりの中で、僕《ぼく》たちに言葉はもういらなかった。そして僕《ぼく》たちは、「おやすみ」の言葉の代わりに額をこつんと合わせ、眠《ねむ》りについた。

〈ふたたび、春〉

暦《こよみ》の上では冬は過ぎたものの、肌寒《はだざむ》い日が続いた。それからいきなり「春」が来た。花のつぼみは開き、鳥は歌い、虫たちもゴソゴソと動き始める。

その日は、いかにも春らしい、暖《あたた》かな陽気だった。僕《ぼく》たちは、どちらともなく出かける準備を始めた。今日が「その日」だと、起きる前から分かっていたのだ。マーゴットはコーヒーをゆっくりすすった。

——うまいな。

そう言って、彼《かれ》はひとくちひとくち、味わうように飲んだ。彼《かれ》の正面に座《すわ》った僕《ぼく》も、同じように両手でマグを持ち、ゆっくりと飲んだ。

それから、僕《ぼく》たちは出発した。

マーゴットは、もう一人では歩けないほど弱っていたので、途中《とちゅう》までは荷馬車の後ろに乗せてもらい、それからは僕《ぼく》がマーゴットの手を引いて歩いた。マーゴットの手は、僕《ぼく》が握《にぎ》るには小さすぎて、僕《ぼく》はその手を、指先でそっとつまむようにして包みこんだ。ゆっくりゆっくり、僕《ぼく》たちは通いなれた道を歩いた。すれ違《ちが》う人たちは、当然僕《ぼく》たちに気が付いたようだったけれど、軽く会釈《えしゃく》するだけで、誰《だれ》も声をかけないでいてくれた。

平坦《へいたん》な道を歩き、麦畑を越《こ》えて小さな丸木橋を渡《わた》り、なおも進んでいくと、シロツメクサの野原に着いた。僕《ぼく》たちは、風にそよぐシロツメクサの花を踏《ふ》まないように、気を付けて歩いた。

——きれいだな。クローバー。

あまりにもうれしそうににっこりと笑うので、僕《ぼく》はてっきり自分の名前を呼《よ》ばれたのだと思った。

——クローバー。お前と同じ名前の花だな。お前はいつも、私《わたし》に幸せを運んでくれる。

「……それは、マーゴットの方だよ。きみがいつも、僕《ぼく》を幸せにしてくれる」

僕《ぼく》は、声が震《ふる》えないように、一生懸命頑張《いっしょうけんめいがんば》った。

〈ふたたび、春〉

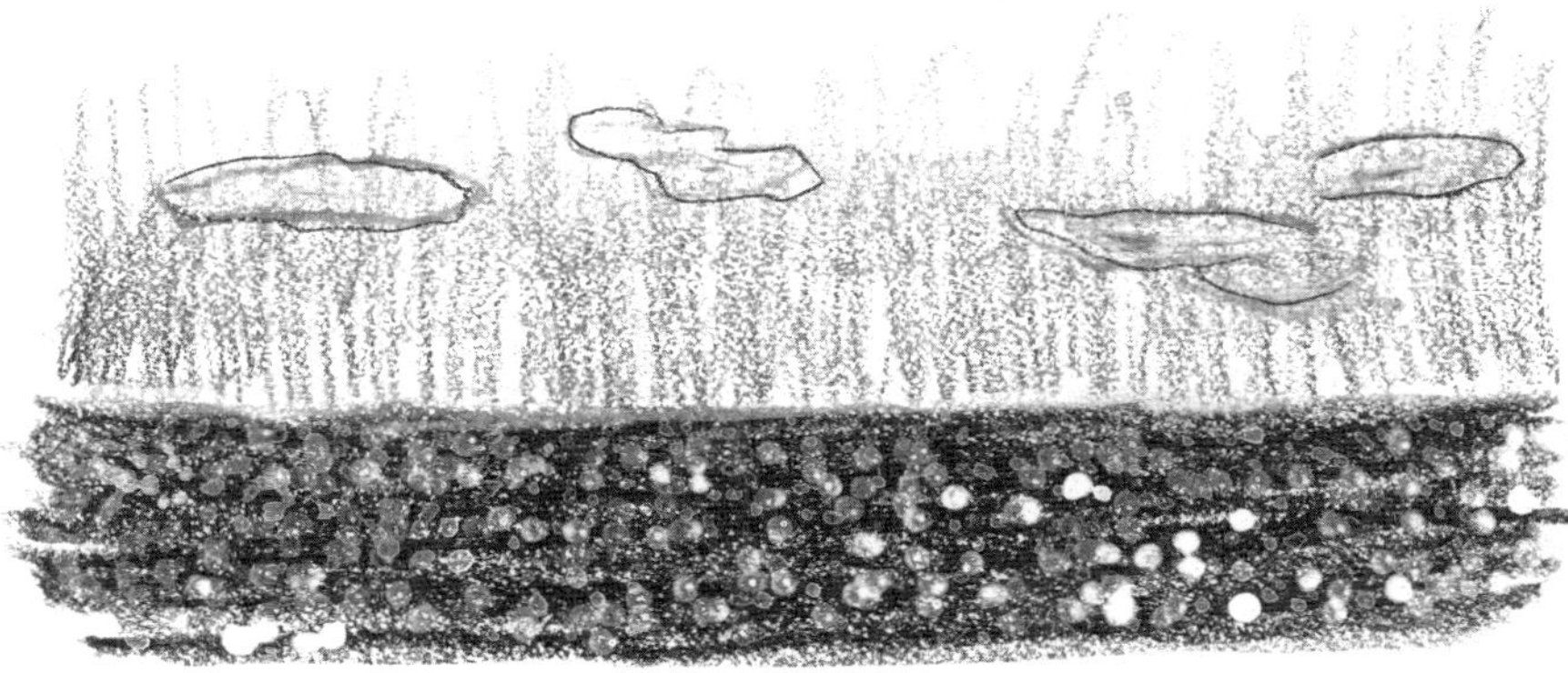

春になると、野原一面に咲《さ》き誇《ほこ》るシロツメクサ。またの名をクローバーと人は呼《よ》ぶ。

その真ん中に、マーゴットのお城《しろ》は姿《すがた》を現した。白っぽい薄茶色《うすちゃいろ》の石レンガを積み重ねて、僕《ぼく》は円筒状《えんとうじょう》の小さな塔《とう》を建てた。ほどよい高さのこの塔《とう》は、天辺をゆるくとがらせてまるでお城《しろ》のように見える。建材の石レンガは、湿気《しっけ》にも強く、日照りにも負けない。もちろん、水はけをよくするためにレンガの間に溝《みぞ》を作って工夫もしている。補修《ほしゅう》していけば、百年以上は優《ゆう》に持つだろう、とアオノさんに太鼓判《たいこばん》を押《お》してもらった。百年。僕《ぼく》がおじいさんになっても、死んだあとも、この塔《とう》は建っている。産まれるかもしれない僕《ぼく》の子供《こども》が、孫たちが、きっとこの塔《とう》を見ることができる。僕《ぼく》のおじいさんが亡《な》くなっても、マーゴットと出会えたように。

マーゴットと手をつないだまま、飴色《あめいろ》のドアをかちゃりと開けた。

「見て、マーゴット。ここにあるのは全部、みんなからの贈《おく》り物だよ」

——ほう、これはこれは。

玄関《げんかん》には、アオノさんからもらった白いマット。奥《おく》のテーブルと椅子《いす》は、ルルフが作ってくれたもの。テーブルにかけられた繊細《せんさい》な刺繍《ししゅう》のクロスは、ポルカさんのお手製だ。壁《かべ》にかかっている壮大《そうだい》なタペストリーは、なんと十二人の石工たちのパッチワークをつなぎ合わせた大作だった。

暖炉《だんろ》の上には、フロルが描《か》いてくれた、僕《ぼく》とマーゴットの絵が飾《かざ》られている。部屋の真ん中に置かれた小さな揺《ゆ》りかごには、ポルカさんの奥《おく》さんの手縫《てぬ》いの布団《ふとん》。みんながみんな、何かしら出し合ってこの家に必要なものを贈《おく》ってくれたのだ。あのお祝いの日のあと、僕《ぼく》は少しずつこの家にそれを運んできた。

——わしは、幸せ者だなあ。本当に、幸せだ。

一つずつ説明するたびに、マーゴットは何度も頷《うなず》いてくれた。マットにそっと触《ふ》れ、椅子《いす》の座《すわ》り心地を楽しむように。クロスにほどこされた刺繍《ししゅう》をなでて、タペストリーに感嘆《かんたん》し、壁《かべ》の絵に近づいたり離《はな》れたりしながら、色々《いろいろ》な角度から眺《なが》めた。

(ここが、僕《ぼく》とマーゴットの家なんだ。やっと、家ができたんだ)

僕《ぼく》は口に出さなかったけれど、マーゴットもそう思ってくれているのが分かった。

「ねえ、マーゴット、あそこを見て」

僕《ぼく》は、窓《まど》を指差した。丸い窓《まど》には、透明《とうめい》なガラスが埋《う》めこまれている。

——玻璃《はり》じゃないか!

マーゴットは少しうろたえた。僕《ぼく》の懐具合《ふところぐあい》を心配したのかもしれない。でも、マーゴットを驚《おどろ》かせたかったのは、値段《ねだん》のことじゃないんだ。僕《ぼく》はポケットからアオノさんから借りた懐中時計《かいちゅう》を取り出して、時間を確認《かくにん》した。間もなく正午だ。心臓《しんぞう》がどきどきしてきた。

（そろそろだ）

一番高くまで昇《のぼ》った太陽の光が、玻璃《はり》の窓《まど》から差しこんだ瞬間《しゅんかん》、石の床《ゆか》にさっと虹《にじ》の帯が広がった。まるで、光の絨毯《じゅうたん》を敷《し》き詰《つ》めたみたいに、かすかに波うちながら輝《かがや》いている。隣《となり》で、マーゴットが息をのむ気配がした。

この仕掛《しか》けを思いついたのは、マーゴットと眺《なが》めた秋の麦畑だった。マーゴットがアッと驚《おどろ》くような、きれいなものを見せたいと思ったのだ。あの輝《かがや》く麦畑のように、ほんの束の間で消えてしまうけれども、ずっと心の中に残るようなもの。あの時、光のプリズム効果を利用して、窓《まど》を作ることを思いついた。七色の光が床《ゆか》を照らしたら、どんなにきれいだろうと思ったのだ。日光が差しこむ角度によってプリズムは変わるから、春になってから毎日通って、アオノさんに教えてもらいながら何度も角度を調整した。本当に小さな角度で光は変わるから、この時期の、わずかな時間にしか見られない虹《にじ》だろうけれど、僕《ぼく》は何が何でも、マーゴットに見せたかった。それが、僕《ぼく》が彼《かれ》に見せてあげられる、ほとんど最期《さいご》のきれいな景色だろうから。

今まで、どれほどたくさんの景色を二人で見てきただろう。

春には、クローバーの花畑。

夏には、青々《あおあお》とした麦畑。

秋には、黄金色の麦畑。

冬には、一面の雪景色。

どれも胸《むね》に残る、きれいな思い出だけれど、あと数分もすれば消えてしまうこの虹《にじ》の絨毯《じゅうたん》は、僕《ぼく》がマーゴットのためにだけ用意したものだった。マーゴットは、何も言わなかったが、そろそろと震《ふる》える手を伸《の》ばして、僕《ぼく》の指をぎゅっと握《にぎ》った。最後の虹《にじ》の光が消えてしまうまで、ずっと。

それで十分だった。

マーゴットはそっと僕《ぼく》の手を放すと、大きく伸《の》びをした。

――ああ、眠《ねむ》くなってきた。

ゆっくりと揺《ゆ》りかごに近づくと、マーゴットは靴《くつ》を脱《ぬ》いで揃《そろ》えた。ふかふかした布団《ふとん》にくるまるように横になって、一仕事終えた人のように、微《かす》かに息をついた。

僕《ぼく》は、布団《ふとん》を襟元《えりもと》までかけてやった。

いつだったか、二人でクローバー畑に寝《ね》そべって昼寝《ひるね》をした時、マーゴットは丁寧《ていねい》に教えてくれた。四葉のクローバーには、一枚《まい》一枚《まい》の葉に特別な意味があるらしい。

――誠実《せいじつ》、希望、愛、幸運。きっと、お前の両親はお前にそのすべてを与《あた》えたくて、お前にその名を付けたんだ。

両親の面影《おもかげ》はすでに淡《あわ》いものになってしまっていたけれど、春の心地よい陽気の下、かつて自分に注がれていた愛情のようすがは、ぽかぽかと僕《ぼく》の心を温めた。両親が願ってくれたような人間になれたか、僕《ぼく》には分からないけれど。踏《ふ》まれた傷《きず》から生まれる幸運の四葉のように、僕《ぼく》自身も豊かな何かを生み出すことができたのだろうか。

人を思いやる気持ち。幸せを願うこころ。そのすべては、願った人がたとえいなくなってしまったとしても、消えることなく僕《ぼく》の道を照らし続けてくれる。

クローバーの一葉ずつに込《こ》められた願いをすべて、僕《ぼく》は今マーゴットにあげたかった。

誠実《せいじつ》な祈《いの》りを、愛しているという心を、きみに捧《ささ》げるから、この世にある一杯《ぱい》の希望と幸運が、きみの眠《ねむ》りと共にありますように。

僕《ぼく》は、ずっとマーゴットに与《あた》えてもらうばかりだった。だから今、マーゴットが一番僕《ぼく》を必要としているこの時に、喜んでもらえることが幸せでたまらない。ただ本当は、これから先、きみがそばにいないことが寂《さび》しくてたまらない。僕《ぼく》は甘《あま》ったれだから、きみがいないとすぐにへこたれそうになってしまうだろう。そんな時は、この「家」に足を運ぼう。とりとめのない愚痴《ぐち》みたいな話をきみに聞かせてしまうことになるだろうけど、その時は黙《だま》って聞いてくれるかな。きみは眠《ねむ》ったままでいいから。何も言わないでいいから。気が済《す》むまで話したら、僕《ぼく》は勝手に答えを見つけるだろう。マーゴットならなんて言ってくれるかな、励《はげ》ましてくれるかな、と。僕《ぼく》はきっと、大丈夫《だいじょうぶ》だ。

マーゴットが僕《ぼく》をじっと見ている。僕《ぼく》の言葉を待っているのだ。もう「その時」が来たのだと、僕《ぼく》は悟《さと》った。僕《ぼく》は布団《ふとん》の中に手を入れて、マーゴットの手をそっと包み、もう片方《かたほう》の手で彼《かれ》の頭をなでた。

「おやすみ、マーゴット」

――おやすみ、クローバー。

マーゴットが、にっこりと微笑《ほほえ》んだ。それから大きく深呼吸《しんこきゅう》をして、彼《かれ》はすっかり静かになった。もう、ぴくりとも動かなかった。マーゴットは、永い眠《ねむ》りについたのだ。

いつか、僕《ぼく》もきみと同じ場所へと還《かえ》りたい。その時まで、眠《ねむ》りながらのんびりと、僕《ぼく》のことを待っていてくれないだろうか。僕《ぼく》はこれから、幸せに生きていく。これまで以上に建築の勉強をして、やがてたくさんの建物を建てるのだろう。きみはこれから、ちょっと長い眠《ねむ》りにつくけれど、僕《ぼく》の中で、フロルやアオノさん、ポルカさんの、触《ふ》れ合ったそれぞれの人の中で、きみは生き続けていく。僕《ぼく》は何度でもこの「家」を訪《おとず》れて、時にはきみにヴァイオリンを聴《き》かせるだろう。フロルはこれからきっと、何枚《なんまい》もきみの絵を描《か》くだろう。あの子はそういう女の子だ。だから、マーゴット。きみは何一つ心配しなくていいんだ。心の底から安らいで、この家で、城《しろ》の中で、ゆっくり休んでほしい。

僕《ぼく》は、彼《かれ》の前にひざまずいて、組んだ両手に額をあてた。何度も何度も、もう二度と目を開かない彼《かれ》にお礼を繰《く》り返した。そのたびに、温かい涙《なみだ》が頬《ほお》に筋《すじ》を残していった。

ぼやけた視界《しかい》の中、見間違《みまちが》いかもしれないが、マーゴットがかすかに笑ったような気がした。

「ありがとう、マーゴット。本当に、本当にありがとう……」

――建築家の卵《たまご》としての、僕《ぼく》の最初の仕事の話である。

エピローグ：さいごのつぶやき

なあ、クローバー。

わしはずっと、お前のことが気がかりだった。

この子は、わしがいなくなったらどうやって生きていくのだろう。

この子の居場所を、作ってやれるだろうか。

わしの体は、小さくて、お前がつまずいても、手を差し伸《の》べてやることさえできんのだ。

お前が愛しい分だけ、心配でたまらなかった。

だが、お前は、わしの想像をはるかに超《こ》えて立派《りっぱ》に育ってくれた。

人形として、決して短くはない人生の中で、お前に会えたことは私《わたし》の誇《ほこ》りだ。

お前は、わしの一生を通じて、一番大切な、宝《たから》だ。

なんだか、眠《ねむ》くなってきた。
温かい布団《ふとん》にくるまって、お前の名前の花が咲《さ》いたこの場所で。
とても、心が満たされている。
わしにも、家ができたんだなあ。
お前が作ってくれた家で眠《ねむ》りにつけるなんて、こんなに幸福なことはない。
生まれてきて、本当によかった。本当に、ありがとう。

これからお前には、大変なことがたくさんあるだろう。
誰《だれ》にも頼《たよ》れなくて、思い悩《なや》むこともあるだろう。
だが、心配しなくていい。
誰《だれ》にも言えない悩《なや》みがあって、それでも誰《だれ》かに聞いてほしい時。
誰《だれ》かに話したいような、うれしいことがあった時。
それから、ふと誰《だれ》かに――会いたくなった時。
そんな時は、いつでも帰っておいで。
ここはわしとお前の、家なんだから。

この本には、絵本版（カラー）があります。左は、その最初のページです。

きみはいつだって
ぼくのとなりにいてくれた。
2

■ **作／桜咲ゆかこ（さくらざき ゆかこ）**
宮城県仙台市生まれ。幼いころから読書に親しむ。東北大学法学部卒業後、同大学医学部医学系研究科、脳機能開発研究分野（現応用脳科学研究分野）の川島隆太研究室に入研。修士号を取得後、博士課程に進学し、2018年現在、博士課程在学中。

■ **絵／黒田征太郎（くろだ せいたろう）**
1939年大阪生まれ。1969年長友啓典氏とK2を設立。1992年よりニューヨークにアトリエを構え、国内外で幅広く活動。2004年「PIKADON　PROJECT」を開始。2009年より北九州に活動の拠点を移す。ライブペインティングや壁画制作等を精力的に展開。2016年大阪ミナミ・アメリカ村に創作活動のアトリエ「KAKIBA（描場）」をOPEN。絵画やアートに興味ある若者や子供たちとの共同作業の場として、新しいアートを発信し続けている。主な作品：『黒田征太郎 KAKIBAKA 描く男』（求龍堂）、『戦争童話集　全４巻』（野坂昭如／作　NHK出版）、『風切る翼』（木村裕一／作　講談社）　他著書多数。

■デザイン：石井友紀
■ DTP制作：エヌ・アンド・エス企画

マーゴットのお城　NDC913

2018年5月1日　第1刷発行

作　桜咲ゆかこ
絵　黒田征太郎
発行者　中嶋舞子
発行所　株式会社 今人舎
〒186-0001　東京都国立市北1-7-23
電話 042-575-8888　FAX 042-575-8886
印刷・製本　瞬報社写真印刷株式会社

 ISBN978-4-905530-72-5　Printed in Japan　192p 19cm
今人舎ホームページ　http://www.imajinsha.co.jp　E-mail nands@imajinsha.co.jp